所有失去的，都会与更好的你重逢

树獭先生◎著

All lost will meet
the better you

文化发展出版社
Cultural Development Press

图书在版编目（CIP）数据

所有失去的，都会与更好的你重逢 / 树獭先生著 .
— 北京 : 文化发展出版社有限公司， 2017.8
ISBN 978-7-5142-1862-6

Ⅰ . ①所… Ⅱ . ①树… Ⅲ . ①随笔－作品集－中国－当代 Ⅳ . ① I267.1

中国版本图书馆 CIP 数据核字 (2017) 第 185929 号

所有失去的，都会与更好的你重逢
作　　者：树獭先生

责任编辑：肖润征
产品经理：杨郭君
监　　制：白　丁
出版发行：文化发展出版社（北京市翠微路 2 号）
网　　址：www.wenhuafazhan.com
经　　销：各地新华书店
印　　刷：北京盛通印刷股份有限公司

开　　本：880mm×1270mm　1/32
字　　数：187 千字
印　　张：9
版　　次：2017 年 9 月第 1 版
印　　次：2017 年 9 月第 1 次印刷
定　　价：39.80 元
I S B N ：978-7-5142-1862-6

目录
Contents

part 1

所有失去的，都会与更好的你重逢

所有失去的，
都会与更好的你重逢

-1-

晚上六点下班的我，在地铁里看完了《明朝那些事儿》的第一部，对于书中的故事百感交集，却只能长叹一口气。下了地铁之后，听着耳机里梁静茹的《小爱情》，慢悠悠地走回了家。

回到家，换了身衣服，然后去厨房准备炒两个菜，等待还没下班的室友。看着水龙头的水哗哗冲洗着新鲜的蔬菜，听着菜刀切黄瓜发出清脆的声音，闻着热油泼过香料的香味，忽然间感受到了生活的美好。

我喜欢做菜，并不仅仅是因为它可以让人开心，更是因为在做菜的过程中，全身心地投入，可以让我忘却生活中的烦恼，放慢生活的节奏，真正活在当下。

吃完饭后，去楼下散了会儿步，便又重新坐到了书桌前，打开电

脑，开始了“新一天”的生活——写稿。之所以叫“新一天”，是因为这是除了上班八小时之外，回到家之后我的另一种生活的开始。

在文字里，我才能做更真实的自己，追寻更久远的梦。听着键盘的敲击声，闻着旁边香熏机发出的香味，一切都慢了下来。

虽然未来的路还很长，虽然我还有很多事情要做，但是我已经真切地明白：我在做最想做的事情，过最想要的生活。我已经开始将我内心深处最想要的生活、最想做的事情，逐渐变成了现实。

我正在将生活过成我想要的样子，而我也坚信：所有失去的，都会与更好的你重逢。

-2-

记得上高中的时候，我便开始担任一本小杂志的校园编辑。说是校园编辑，其实就是将学校里发生的事情、动态跟他们及时沟通，然后有合适的稿子再向他们投稿。

那是最开始接触文字的时候，看着自己的文章被发表在杂志上、自己的名字被印在目录上，看到这本杂志就放在学校外面的书店里出售，有说不出的喜悦与满足。那个时候，每月最开心的事情就是收到杂志社寄来的样刊和稿费，虽然只有二十块钱。

从此以后，对于未来的最大梦想就是：认真写字，当一名作家。其实小时候对作家这个称呼并没有多么深刻的认识，只是因为自己作文写

得好，经常被老师和同学夸奖，后来也在杂志上发表了几篇文章，就觉得自己应该走这条路。那个时候对于写作真的只是梦想，是不切实际、遥不可及的梦想。

高三以后，学习压力逐渐大了起来。最头疼的就是每天都有做不完的物理和化学题，以及每个月末的年级排名。看着桌子上堆得越来越高的书，以及同桌奋发向上的身影，我感觉到无边的黑暗和无尽的压力。

上了大学之后，还是每天奔走于寝室和图书馆之间，为各种各样的证书考试和专业考试忙得焦头烂额，同时还有写不完的论文和上不完的课。

写作这件小事，离我的生活越来越远。后来，那家杂志社因为经营不善倒闭了。我在市场上再没见过那本杂志，也再没拿起笔。

-3-

本以为一切都会按部就班下去：在一家上市公司做财务的朝九晚五之余，三年之内考上注册会计师证书、五年之内考上中级会计职称、读完一个在职的财务研究生后，跳槽当上一名专业财务师。

然而生活远远比你想象的精彩，总是会给你意想不到的惊喜。可能生活还惦记着我最初的梦想，可能生活觉得我的人生不应该如此。在做了一年的财务之后，一个偶然的机会，我又重新回到了写字这条路上。

正是这一点，让我坚信：所有失去的，都会与更好的你重逢。

那段时间，我白天在公司上班，对着财务数字和记账凭证研究、操作；晚上回到家坐在书桌前，对着电脑发表我的想法和观点，与读者讨论。连续几天熬夜写作导致白天上班的时候轻飘飘的，感觉整个人都在空中飘着，仿佛随时都要倒下去。或许这就是我对写作的执着吧。

那个时候，曾开玩笑和朋友说：程序员猝死前，大抵就是这种情况吧。虽然这样，但是我愈加明白：认真写字、用心生活，才是我内心最想要的。虽然累，但是我却走在正确的道路上，而前面有我想要的生活。

－4－

我辞掉了绍兴的财务工作，到了上海的一家新媒体公司，正式成为了一名新媒体编辑。每天要做的事情除了运营一个公众号之外，就是看书、写字、做策划，真正做到了与书籍和文字打交道。

很多人曾经问我：放弃你四年的专业，你不后悔吗？你就不怕新媒体这一行有一天衰落了，你无处可去吗？

可能是年纪越大，越知道自己想做什么，越不愿意苟且地生活吧。因为知道了自己想做什么，内心清楚自己最想过的生活的样子，所以即使当下的再好，却也不愿意留恋。

我一直认为：人生在世，就应该勇敢去追求自己内心最想要的事物。如果放弃了内心深处最真切的渴望，那在若干年后的午夜梦回里，会不会有一点遗憾?

而生活在凡尘俗世中，我们都只是一粒普通得不能再普通的尘埃，历史那么久远，人生说长也不长，何必要在意别人的眼光与世俗的道路。与其拧巴委屈地过一生，何不在自己最喜欢的事情上，开心地奋斗一生?

以前的我，会因为没有得到应得的奖赏、喜欢的男孩子对我没好感而伤心难过，总觉得失去了这些，就仿佛失去了全世界；后来的我，对于曾经失去的东西，或者正在失去的东西，反而没有了那么强烈的执念，因为我越来越懂得：所有你失去的，都会与更好的你重逢。

我只愿：做自己想成为的人，过自己想要的生活。

24岁，我辞掉了自己的第一份工作

-1-

下午上班时，收到了人力资源部的合同解约证明书。看着上面红红的公司印章，听着同事絮絮叨叨的一些叮嘱，我才意识到：我真的要离开这里了。

一个生活了一年的地方，可能还会回来，可能永远也不会回来。

记得去年刚来的时候，我还摸不清楚园区的方向与公司的位置，第一次进宿舍就把自己给反锁在外面了，没带手机，也不认识其他人，穿着睡衣站在外面手足无措。

而现在，终于要离开了。

曾经无数次厌弃过这里：位置偏僻、交通不便、环境不好；曾经无数次咬牙切齿地想：再忍忍，再忍忍，等再过一段时间就离开这破地方。

可是等到真的要走的时候，内心反而极度平静，不兴奋也不难过，就好像是苹果熟了、饭好了一样，是一件自然而然的事情。

-2-

记得去年毕业吃散伙饭时，隔壁专业的一位朋友问我：你觉得你的第一份工作可以干几年？

我现在还记得当时信誓旦旦的样子：五年。我觉得我的第一份工作可以干五年，很自信、很笃定。

那个时候的我，还没踏入社会，便对自己如此笃定：想从基层开始做起，把专业知识学扎实，慢慢努力，一步一步向前走。五年时间，足以在一个公司站稳脚跟，足以考过中级会计职称，再用功一些，CPA也可以过几门，足够了。

心里是那么想的，也是那么打算的。

可真正踏进社会的时候，亲身去体验那些以前只是别人口中的经历，才发现，一切并非如此。

上大学时，想着毕业了，就可以自己赚钱了，自己养活自己。毕业了，才知道，毕业前两年才是人生最凄惨的时期，甚至比大学的时候还穷。你既要自己负担全部的衣食住行，还要准备一些钱来交际、投资，还要想着给父母寄一点，还想再攒点以防将来有什么意外。

你想的，跟你的能力之间，有着跨越不了的鸿沟。

大学的时候，想着再怎么不济也是个本科，学习成绩还不错，履历也很光鲜，前途定是一片光明。可是毕业之后，你才慢慢明白，人生不是选择题，也不是有着红绿灯的十字路口，而是一团迷雾，你要在这团迷雾里，自己找方向、找出路。

有的人选择跟随别人的脚步走，周围的人怎么做，他就怎么做；有的人选择按照父母铺好的道路，工作、结婚生子；还有的人，你不知道他们是怎么走的，你永远只能看到他们的光鲜亮丽、恣意潇洒。

可是，更多的人，是在迷雾里，找不到方向，一步一步摸索着走。

-3-

我以前一直认为自己是喜欢会计这个专业的，喜欢对着一些复杂的账务，然后去找到它们之间的逻辑和方法，将它们一一拆解开来，列成简单易懂的一笔笔借贷文字。热衷于寻找数字之间的钩稽关系，也热衷于挑出报表上一些显而易见的bug。

可能人是会变的吧，在后来的学习探索中，我越来越接近真实的自己，开始去跟真实的自己对话。

周国平说，写作不是为了改变世界，而是为了安顿自己，安顿自己的心。

在后来的日子里，我经常会问自己生存的意义，以及人生的目标是什么。在大多数的观念里，人和其他生物不同的是：人是一根有思想的芦苇。

我们总是会在前进的路上，考虑自己追求的目标、前进的方向。我们也会去感受当下的自己，去问自己想做什么，问自己过得快不快乐，这是不是自己想要的生活。

如果方向从一开始就是错的，无论走多远，都是违心的。

如果生活在这个世界上，连自己的心都不能安顿好，都不能为自己而活，都不能找到真正的自己，那做什么都是不圆满的。

-4-

跟人力谈话的时候，他问我：你大学四年学的是会计，又做了一年会计工作，现在转行，你不觉得可惜吗？他的问题，我不觉得意外。

可惜吗？如果让我一直对着我现在认为枯燥的数字，委屈一生，还要想着当初如果转行了怎么怎么样，委屈在当下、活在假如里，那才是真正的可惜。

旅行者洛艺嘉说过这样一句话：**我敢于清零，敢于站在新的起点，做自己真正喜欢的**。**我再不被世俗的价值观所绑架，我做了真正的自己，而不是把自己又变成了别人**。

她很开心：我终于，遇到了最好的自己。

如果曾经的成绩和努力变成了一种羁绊，反而不敢去追寻自己的初衷，丧失尝试新鲜事物的勇气，彻底失去尝试另外一种生活的机会，那对我来说才是可悲的。

可能有些矫情，也可能有些所谓的“作”。然而，在后来的学习和生活中，我明白的最大的一个道理就是：接受自己。

接受自己，不只是外表那么光鲜的自己，而是不那么完美，哭了之后有点丑，也会虚荣、也会脆弱的那个最真实的全部的自己。

只有放下一些偏见和执念，先去接纳自己的全部，在真实认知自己的基础上，去发现一些可以提高的地方，和自己真实相处，才会变得更好。

24岁，只是一个起点。

未来你好，请多多照顾。

借我十年，
不管不顾也不念

-1-

张爱玲曾说：出名要趁早。有很多文艺青年将它当作座右铭，时时在人生的道路上鞭策自己，尽早取得成就。

刚毕业的想要尽快赚到人生的第一桶金，让自己的生活不至于那么凄惨；工作几年的想要年薪达到百万以上，这样买车买房的愿望就不远了；写作的想要在文字这个领域迅速成名，有一定的影响力和不错的收入。

我们都想要尽快地把自己的生活过成最想要的样子。希望尽可能压缩奋斗的时间，尽早摘取到成功的果实。

可能是现在生活节奏太快的缘故，信息传播的速度，以及成功的速度也越来越快。当我们发现，当初跟我们一起上学，或者是一起打工的张三，因为某些机遇，摇身一变成为某个创业公司的CEO，还成功融得了一笔不小的资金。当同住一个寝室的翠花，因为一个比较好的选择，忽然间就成了某个直播平台的知名网红，月入百万。

看到这些，我们会想：当初都在同一起跑线的，怎么现在境遇竟然有着天壤之别？如果我当时跟他（她）做了相同的选择，现在会不会好一点？

我们眼馋于别人的成功与光鲜，痛恨自己当下的无能为力。

我们是那么急着成功，是那么急着取得成就，以至于都忘却了出发的目的。

-2-

很多文艺青年都知道木心，但也仅限于一首《从前慢》：

记得 早先少年时
大家诚诚恳恳
说一句 是一句

清早上火车站
长街黑暗无行人
卖豆浆的小店冒着热气

从前的日色变得慢
车，马，邮件都慢

我们都在怀念，

那个可以让生活慢下来的时代。

一生只够爱一个人

从前的锁也好看
钥匙精美有样子
你锁了 人家就懂了

有人把它配上精美的图片，发到自己的微博上；很多人把它手抄下来，作为自己的朋友圈分享；还有一些人，把这作为自己最理想的生活状态。

然而，不可否认的是，我们很多人其实都在怀念那个比较慢的年代。

我们怀念能和心爱的人牵着手走在刚下过雨的大街上，闻着空气中飘散着的桂花香，去最喜欢的那家小店买一份煎饼果子，加一杯豆浆。

我们怀念能专心做一件事，能认真看一本书。而不是整天被时间追着走，周一盼周五，周六还没过，又到了周一。总有做不完的事情，总有抱不完的怨。

我们怀念最古老的匠心精神，因为喜欢一件东西、热爱一件事情，就将它坚持做到底。而不是先看它是否能给自己带来多大利润，能否让自己有所成就。

我们都在怀念，那个可以让生活慢下来的时代。

-3-

可是，我们嘴上所怀念的，与实际行动并不一致。我们一方面怀念慢的生活，另一方面却在不断给自己施压，希望时间能快点过，成功能早点到。

瞧，我们就是这么口是心非。

上学的时候，最喜欢的就是那种可以安安静静在角落里看书写字的女孩子，好像全世界的聒噪都惊扰不了她。不会因为一次好的成绩就兴高采烈，也不会因为一次失误就捶胸顿足，总是以最平和的状态去接受最真实的自己。

他们在意的是自己的真实成长，而不单单是成绩。

然而，长大了的我们，很多时候眼里只有最外表的光环与成绩，已经忘却了自己最开始想要的东西、自己最该做的事情。

我们一心想要成功，一心想要快速达到财富自由，但是却不肯问自己：自己最想要的到底是什么，自己最致命的短板有没有补足？

我们总是太贪心，一方面什么都想要，另一方面却不肯认真去做事情，不肯去静下心来等待时间的回报。我们想要在这个快节奏的生活里，速战速决。

生活太慌乱，等待太着急。比起认认真真钻研作品，我们更喜欢一步登天的捷径。即使这个捷径，最后有可能还是让我们摔下来，但是我

们依然想冒险走这条捷径。

你瞧，他们都在走，都没事，我又怕什么呢?

-4-

一辈子那么长，时间那么久，何必让自己那么早就过完一生想要过的生活呢?

我们有一生，可以慢慢去认识一个人、去认真恋爱、专心做一件事情，然后过上自己最喜欢的生活。

何必要草草认识一个人，上床、分手，再认识一个人，最后结婚生子。事业上，也是一心想着尽快成功，达到巅峰。

那然后呢?我们又要怎样继续接下来的生活?是饮鸩止渴般地继续寻求更大的成功和刺激，还是急流勇退去寻找自己最开始想坚持的初心。

最后才发现，兜兜转转，一切都是个错误，而自己却已白头。

谢春花在《借我》里唱道:

借我十年
借我亡命天涯的勇敢
借我说得出口的旦旦誓言
借我孤绝如初见

借我不惧碾压的鲜活
借我生猛与莽撞不问明天
借我一束光照亮黯淡
借我笑颜灿烂如春天

借我杀死庸碌的情怀
借我纵容的悲怆与哭喊
借我怦然心动如往昔
借我安适的清晨与傍晚

静看光阴荏苒
借我喑哑无言
不管不顾不问不说
也不念

相似的歌词，却说出了多少人的心声。

借我十年，去跌跌撞撞在生活里闯荡，去成长蜕变，变成温婉善良的人；

借我十年，和相爱的人，不顾世俗的眼光和他人的反对，勇敢爱一场；

借我十年，去走最想走的路，做最想做的事。

永远都在羡慕 他人的生活

-1-

果果跟我说：獭，无论如何，更重要的是自己的生活方式。

我心里想：什么生活方式，我们，好像永远都在羡慕着别人，永远都不满足于现在的状况。

以前在绍兴，有稳定的薪资和福利，还有不收房租和水电费的大房子住，但是却总是嫌弃交通不便利，抱怨不能随时吃到想吃的美食，公交总是下午五点就停运，周末出去玩都要考虑末班车。

羡慕他人闪光的生活，羡慕他们下了班之后的自由自在。

换了工作之后，终于满足了以前的小愿望：随时吃好吃的，想什么时候回家就什么时候回家，出去玩也很方便。可是，心里仍然有数不尽的不满足，和对他人生活的羡慕。

即使别人，对我的生活也很羡慕。我们好像永远都活在对别人的羡慕，以及不自知的焦虑之中。

-2-

一个很喜欢的作者，通过自己的文字和粉丝黏度，以及产品，得到了一笔不小的收入。我们几个默默算着，这些钱，在一个小城市里，不工作也可以生活好几十年了吧，还有什么不满足的呢？

我们羡慕她文笔的平和，羡慕她自由自在的生活。

却不知道，她曾经患过严重的抑郁症，一度失眠，甚至还自杀未遂，再加上分手，以致对生活失望和绝望。

这些，都是我们所不知道的。

我们都只看到了眼前。不，或许只是我。

我好像永远都是一个目光短浅、肤浅的人，做事情总是做到一半，觉得没什么意义，就不想做，看东西也只能看到眼前，无法分析到以后的利弊。

有人曾经在我后台留言：好羡慕你现在的生活。

是啊，曾经的我，也在心里对自己说：好羡慕别人现在的生活。

可是，每个人都有自己的苦衷和无奈。对于生活，我们看似光鲜亮丽，实则都有说不出口的无奈。

-3-

跟弟弟通电话时，我说：你压力别太大，有什么事情都有我在背后给你支持，你只要过得开心快乐，就好了。我只希望你开心快乐，别无他求。

弟弟说道：可我也不想让你压力那么大呀。

听着那边若无其事的回答，我的眼泪差点就涌了出来。

想起大学时，因为身体不适，几乎所有的奖学金和生活费都砸到了医院里。感受着那些冰冷的仪器，我的身体发出一阵又一阵的电流颤动，在空荡荡的治疗室，看着白色的天花板，我的心里只有冷漠和绝望。

因为习惯了。

不敢告诉家人，因为觉得他们对自己的付出已经够多了，实在不忍心再让他们操心。

那个时候想的是：好想过上正常人的生活，好想可以永远不来医院。

等终于过上了正常人的生活，又开始有了新的忧虑和担心，永远都不知足，永远活在焦虑中。

—4—

在我心里，文字本该是治愈自己、安顿自己的一种方式，但即便这样，我还是有太多在意和刻意。

很多话都不敢说，很多想讲的故事都不敢讲，因为太在意。

在意他人的眼光，在意朋友对自己的看法和以后的相处方式，在意别人对自己的评价。

很多时候说：不在意他人的眼光和评价。可是，到头来，还是会在意，而且比以前更在意。

人生是一条不归路，有的人活出了自己，有的人却一直在畏畏缩缩，瞻前顾后。

而我，也只不过是一个俗人罢了。

年少时，
谁不曾经历过孤独

-1-

年少时，谁不曾经历过孤独？

深夜，一个人穿梭在静悄悄的大马路上，陪伴你的只有周围的路灯，你看着外面的万家灯火，可是你却只有自己和那路灯下忽长忽短的影子。

在一群人聚会中时，明明是很开心的氛围，可是看着大家笑意盎然的样子，你还是无法融入其中。你没有办法融入那种环境、那种气氛，只能默默地喝着自己杯子里的酒。

你对着办公桌上的一堆文件，还有那些永远也没有完的deadline，深吸一口气，然后像个战士一样，一头扎进那汹涌奔腾的潮流中，义无反顾又无可奈何。

我们都曾经历过孤独。

在喧闹的白天，在寂静的夜里。

在熙熙攘攘的人群中，在形单影只的自己身上。

-2-

很久之前，一个交情还不错的大叔对我说：好想知道你们年轻人会有什么烦恼。

我轻轻一笑，心里想：年轻人也有我们这个年纪的坎儿。即使在你们看来那都不是什么事，可在我们身上，在那个时刻，它确实困住了我们。

我们被困在一口深井里，找不到出路，找不到办法。我们如同被捕捉的鸟儿一样，挣扎、彷徨、无助、求救，最终发现，还是只有自己一个人。

我们会担心，这条路是不是我们应该走的那条路，我们是不是在做对的事情，抑或是在浪费自己的生命。

我们会担心，万一走错了路，以后可怎么办？因为往后的生活，每迈出一步，都将是不同的人生。

我们会担心，如何度过在当下看来比较艰难的日子，如何能更好地认清自己、与自己相处。

也会恋爱、结婚、工作，还有一些乱七八糟的事情。

在那些老江湖眼里，那些都不是事儿，在这个时刻，我们却被困住了。

-3-

你十三岁时，因为考试成绩不及格，一个人沮丧地趴在桌子上哭，感觉整个世界都对你有深深的恶意。

你没办法告诉她：孩子，别在意，在你以后的人生道路上，这种考试根本就不算什么事，有可能你都不记得它了。

这样的话并不能带给她什么帮助，她当下的难过、当下的困扰，仍然是挥之不去的。

你十七岁时，因为有了喜欢的男生，患得患失。你担心自己不够好，担心他不喜欢。看到他身边有了别的女生，难过得要命，你一个人紧紧抱住自己，什么都不想做。

你没法告诉她：孩子，你以后还会遇到更多的人，他们有可能只是你的路人，有可能会陪伴你一程然后中途离开，而陪你到最后的那个人，也许要很久以后才会出场。

不可以。因为那个时候，她喜欢他是真的，她的难过也是真的。她舍不得，患得患失，还是想见到他，都是那个阶段最真实的感觉。这些话，并不能让她感到有半点安慰。

你二十二岁那一年，因为毕业找不到合适的工作，整夜对着那些招聘网站抓耳挠腮，都快把自己的简历看出一个洞来。你在担忧，自己找不到一份合适的工作，担心从一开始就走错。

你没法告诉她：人生后面的路，是不会因为这一份工作就有多大改变的，最重要的是你的学习能力和为人处世能力，还有你的性格、格局。

不能。因为那个时候，这个就是最重要的事情，没有之一。

-4-

那些经历过自己人生风风雨雨的大人们说：有些当下觉得最难熬的时刻，在若干年后，可能是你回忆中最美好的。

若干年后。

可是，更多的人希望当下的困境能尽快过去，不想每天都活在烦恼和忧愁里，每天都不知道未来在哪里。

更多的人，是希望前途明朗，而不是要到回忆里才能感受到美好。我们希望能感受到当下的美好和欢乐，能跟眼前的人谈心说话，而不是要到在若干年以后的回忆里，才说，当时很美。

还有更多的人，终其一生可能都没走出那个设定的局，终生都活在自己的孤独里。因为种种原因，没有走出那个困境，没有跟自己磨合好，没能成为想象中意气风发的自己。

孤独，固然有它的好处，

可以更好地跟自己交流沟通、

更好地跟自己相处，认清自己的内心。

人们说：在孤独中，成长、自我增值。

孤独，固然有它的好处，可以更好地跟自己交流沟通、更好地跟自己相处，认清自己的内心。

但是，孤独也有可能是人生里的最后一根稻草，成为你难过、抑郁、无助之时的最后一根稻草，不是每个人都有机会感受到回忆里的美好的。

没有什么好的解决办法，孤独就是这么存在着。

孤独，就像人生的分水岭，迈过去柳暗花明，踏不过去，难过抑郁。

认清这个事实，然后活在当下。

当然，祝你的桌上永远有一杯暖心的热茶，祝你的人生始终有人陪伴。

做自己想做的事情，成为想成为的人

-1-

在上海的三天，除了最后一天几个人简单的聚餐，剩下的时间几乎全是在地铁上度过的。

1号线转2号线，2号线转4号线。最心累的一次是早上面试完一场，下午转了一趟地铁，坐到终点站，然后又坐了半个小时的公交车。

我上车屁股还没坐稳，前面的一位大叔就跟我说：姑娘，你坐反了吧，下一趟就是终点站。我还是第一次看到有人在这儿上车的。

我看了看车上贴的车站名称，以及让我完全陌生的空荡荡的公路，还有外面毫不留情的炎炎烈日，忽然有种前所未有的无力感。

可能是累了，也可能是困了，连着两天坐车、面试，有时候为了赶车，午饭都顾不上吃。这样的日子让人真想逃走。

-2-

小群里忽然挑起了一个话题，“从不开心的生活到人生的种种决定”。

有人说：从小到大的生活都是父母安排的，好无趣。

可是，我说：我好羡慕那种从小到大都被别人安排的生活。

听起来很可笑是吧？但是，有时候是真的挺羡慕。

我从小到大的所有决定都是我自己做的。大到考研、工作，小到假期要不要外出打工。

初中的时候，自己想着多挣点零花钱，每个周末都会去村子里的花炮厂做零工。我年龄虽小，但手指灵巧，一天可以挣三十多块钱。从凌晨五点到晚上九点，然后舒舒服服睡一觉。

高中毕业的时候，家里几个当老师的长辈其实是希望我去师范院校的。可作为刚刚高考完的学生，对于老师这个职位有着莫名的抵触，我死也不去，他们也不管了。最后，自己不知道怎么想的，就填了一个工商管理。

大一的时候，对学院的会计专业很感兴趣。查了查新生指南，发现大一升大二是可以转专业的，于是，那一年我拼命学习，然后以专业第一的成绩顺利转到了会计学专业。

大四的时候，在考研和就业方面纠结。爸妈永远都是：不论你做什么，我们都尊重你的决定。我们也不了解，你自己想好就好。那个时候的名校情结还是蛮严重的，于是下定决心报了一所全国排名靠前的财经院校。虽然最后没有考上，但是也没有遗憾。

–3–

因为种种决定都是自己做的，所以在每一次纠结的时候，就有了空前的压力，生怕哪一步走错，就回不去了。

而毕业以后的生活，经常会让人感到绝望，没什么大事，也没什么坏的遭遇，但是却总感到绝望。

因为发现毕业了之后，一切都不一样了。

以前是在学校里，虽然也有压力，虽然也很累，可总归是有安全感的，无论怎样作，都是有老师和父母兜着的。

毕业以前的人生，就像一份试卷，你只要学习、写作业、考试、参加各种活动就好了，无论做什么都有大纲指导。

而毕业，就好像是直接将我们从学校推了出去，毫不留情。

再也没有了给你指引方向的灯塔，再也没有了人生的红绿灯，告诉你方向在哪里，你应该怎么做，应该怎么走。

没有什么绝对正确，或者绝对错误，都是一些怎么选都不会错，也不会对的，没有正确答案的选择题。

你忽然发现，外表的一切光鲜亮丽，背后其实都是很残酷的事实。你每走一步，都感觉后面有大山压着，你忽然间就多了好多责任和义务，走错一步就是不一样的人生。

其实没有人逼你，也没有人要求你做什么，可是你还是自己给自己戴上了一副枷锁，走在烧得滚烫的炭上。

-4-

毕业一年以后，我开始思考很多问题，比如生活的意义。

这是一个被很多哲学家研究过的问题，甚至到现在，还众说纷纭，当然也不会有固定的答案。

可我，一个毕业一年的小丫头，不经世事，没什么阅历，当然被困在这里了。

从个体看，我和其他人是不一样的。我们的长相、兴趣、思想都是不同的。但是从群体看，我们却都是一样的，一样地奔波在这个城市里，是熙熙攘攘的人群中最普通的一个。

我和他们一样，一样过着普通的生活，一样为一些琐事烦恼，一样有着七情六欲，一样有着跨不过去的坎儿。

可是从个体看，如果我和他们有着一样的生活和作用，那我的存在又有什么意义？

苟活在这个人世间，或者是为了别人而活，甚至是只为了当一个供应链上的小螺丝钉。

这样的生活，我宁可不要。

-5-

我想了很久，也问了自己很多问题。

可能每个人的生活方式跟环境不一样，所以得出的答案也不同。但是在我这里的答案是：热爱和开心。

从小到大，我做了那么多决定，有对的、有错的，有让我生活暂时走入死胡同的，也有瞬间柳暗花明的，但是所有的决定都基于一个初衷：热爱。

我要做的事情，一定是我当前所热爱的。

可能因为以后的成长和变化，我对这个东西不再感兴趣了，我有了其他更好的选择，可是在当下，它就是我最热爱的、最好的选择。

因为热爱，即使生活很难，即使做下去有点苦，我也依然愿意去做，并且是开心地去做。

而生活，虽不能尽如人意，更多时候是一地鸡毛，但我想要的是：开心。

同样都是心酸，同样都是累，同样都是无可奈何，那就选择那条令自己最开心、最愿意走的路吧。

这样，就算是错了，也会少很多遗憾，而且，谁知道下一个岔路口，又会发生什么呢？

跟随本心，去追逐自己热爱的事物，让自己开心地生活，取悦自己，这对我而言才是最好的生活方式。

就是这么简单的道理，我却想了很久。

网上有这么一段话："当你老了，回顾一生，就会发觉：什么时候出国读书、什么时候决定做第一份职业、什么时候选定了对象恋爱、什么时候结婚，其实都是命运的巨变。只是当时站在三岔路口，眼见风云千樯，你作出抉择的那一日，在日记上，相当沉闷和平凡，当时还以为是生命中普通的一天。但一场巨变，已经发生了，地动山移，浑然不觉，当时只道是寻常。世上的生死荣衰，不就是在空寂之中缘起缘灭的？"

可能要很久以后才能知道当前的决定意味着什么，是否真的改变了人生的轨道。可是在当下，却是确确实实被困住了。

我不知道现在选择这条路意味着什么，有可能是朝着自己想过的生活迈出了一大步，也有可能是将好好的一副牌，硬生生打输了，可是无论怎样，总得有个选择。

试试吧，又不会死。

反正生命只有一次，生活是自己的，想做就去做吧。

时间还很长，未来还很远

-1-

不要错把平台当成自己的本事。

这是一个很老的话题了，但是今天还是想再谈谈。

终于在浦东发现了一家适合我的咖啡书屋，点了一杯香草拿铁，找了一个合适的座位，就可以宅一下午。可惜的是，不敢轻易上厕所，不然还得请陌生人帮我看着我那老古董电脑。

戴着耳塞，在略有点吵闹的书店，跟朋友谈了很多，其中最重要的就是平台：在新媒体时代，对于一个小透明作者来说，平台有多重要，曝光有多重要，我们都心知肚明。

但遗憾的是：很多人错把平台当成了本事，又有多少人因为缺少合适的平台而一直被掩藏着。

当然，我两者都不是，我只是一个没有什么出息，又特别懒，再加上拎不清的作者，所以导致现在的自己高不成低不就。

昨天晚上，还被一个不怎么熟悉的作者攻击：你看你，我以前刚开始写作的时候还是很欣赏你的，你看你现在，阅读量那么惨淡，还好意思出来。一天不好好想着怎么写东西，不想着自己的文章受众问题，净想着什么乱七八糟的。

我：……

阅读量低是我的问题，阅读量低就没有发言权，阅读量低就该好好钻研怎么追热点、博眼球、抱大腿，甚至去刷阅读量，等到阅读量高的时候，再出来说话。

我无意与人争吵，可是别人总是觉得我好欺负，想咬一口肉尝尝鲜，我也感到很困惑。

可是，这位作者可能不清楚：现在的公众号，有多少人是真正在写作，有多少人是在坚守内心最初想要的东西。而阅读量，只不过是平台和运营的问题。只要平台足够大，只要运营足够好，阅读量算什么。

-2-

哦，不，他心里其实是知道的，只是错把平台当成了自己的本事。阅读量比我高，我确实没有批评教育的资格，但是阅读量高，不代表实力就强。

有多少你看不起的人，在专心致志地做自己想做的东西；

有多少你不曾注意过的人，在闷声发大财；

有多少问题，你我的思考能力和眼光都无法看穿。

所以，不要以为自己暂时先人一步，就可以占上风，好为人师，逞一时口舌之快。还是静下心来专心致志地做自己想要做的事情吧，那才是王道。拿作品说事，而不是利用平台和一些虚无的东西说事。

我身边也有一些人，因为自己的平台比较大，目前所处的位置资源比别人优先，所以看上去更光鲜亮丽、更受人尊重，导致他们有一种“我很厉害、全世界都宠着我”的错觉。可是，对于我而言，更重要的是实力。

我信任、尊重平台，但是却不依赖平台。比起大而好的平台，我更在乎的是，离开这个平台，我是不是还有活下去的能力，是否能像现在一样，依旧衣食无忧、快乐自由！

而不是因为平台的大小，蒙蔽了自己的双眼，等有一天因为客观或者主观的原因，离开了平台之后，才发现自己一无所有、一无所长，活像一只丧家之犬。

–3–

我最尊敬的就是那种自己已经很有成就，看待事物已经足够清楚，也有足够的能力，但是依旧能保持谦逊温和的人。

谁都不是圣人，无论是平凡如你我，还是很多我们遥不可及的人，在小有成就之后，难免会有点焦躁，或者是有点优越感，甚至看不起他人。

所以我在心里经常反思自己，也经常拿自己和一些很受尊敬的人对比，去学习他们的长处。他们已经如此优秀，但是依然能保持谦逊温和的态度，保持继续学习的能力和尊敬他人的礼貌。渺小如你我，又有什么资格去瞧不起他人，去骄傲自满呢?

其实我们都知道骄傲不好，我们从小到大都被灌输：谦虚使人进步，骄傲使人落后。但是在实际生活中，我们有时候还是忍不住骄傲，因为骄傲会让人产生一种优越的错觉，是一种拥有之后就难以戒掉的快感。

我们都太容易迷失在自己虚假的快乐和瘾症上了。

很多事物，都是需要时间去解读的。在你没有注意到的时候，很多人在悄悄提升自己的能力，继续充电；很多人在坚守内心最想要的东西，就像匠人精神一样；很多人在过自己喜欢或者想要的生活，从未放弃。

但是也有很多人却在靠攀比来刷自己的存在感，觉得自己最厉害。我不相信时间是万能解药，但是它确实能够证明很多问题，比如，你是否活成了自己最想要的样子。人生不是一场战役，没有胜负，只有自己满意与否。

最近经常提醒自己：

无论什么时候，戒骄戒躁；

无论什么时候，要保持清醒，切勿轻视他人；

无论什么时候，都要谦虚温和，保持继续学习的能力。

我希望的是，随着年龄的增长，自己像一个装不满的沙袋一样，可以储存越来越多的东西，而不是像沙漏一样，因为一时的成就，过早把自己耗干。

时间还很长，未来还很远。祝你活得独立、自由、快乐！写给即将二十五岁的自己。

如果生命明天就结束，
你会有什么遗憾

-1-

刚刚在朋友圈看到这样一条动态：2016年已经过去了六分之五，剩下的六分之一的时间，你能把今年的愿望清单实现吗？

忽然才意识到，已经10月了，再过两个月2016年就要结束了。

可能是后来工作和写文的缘故，我的大脑以及感官总是不在状态，我老觉得现在才4月，总觉得年底还遥遥无期，总觉得我们还有一大把时间可以去挥霍。

有时候走在大马路上，看着外面的人来人往，然后还得停下来想一下，告诉自己：现在已经10月了，深秋了，今天是星期六。

让自己一瞬间清醒，然后又急急忙忙投入下一个忙碌的状态。

很多时候我们都不知道自己在忙什么、在急什么，可还是匆匆忙忙加入了赶时间的人潮中。

-2-

刚刚看到一个视频：二十六岁的周西，一个永远笑嘻嘻的女孩，不幸患上了卵巢癌，在自己剩下的生命里作的一个演讲。

工作中雷厉风行，自称是赤裸裸的女汉子一条，为了工作，每天全国各地飞，熬夜到凌晨两三点是常事。

她说：好像每天都放不下自己的手机，关不掉自己的电脑，停不了手中的工作。

她说：二十六岁之前的自己，从来没想过自己和癌症有一丝一毫的关系。

可是，这件很不幸的事情还是发生在了她身上。

她能清楚地记得母亲知道这个消息时眼里瞬间熄灭的光，进了卫生间颤抖个不停的肩膀，以及哭肿了的双眼。

其实身体在很久之前就给周西有过各种各样的暗号：

十个月前，体检的时候，子宫回声不均匀，可是吃了两个月中药却再也没复查。

一个月前，自己因痛经直在床上打滚的时候，也没多想。那个时候，现在石头大的肿块可能只有乒乓球大小。

一星期前自己的小肚子逐渐大起来的时候，也没有意识到，腹胀有可能是卵巢癌的症状之一。

这些都是身体给的提示，而周西因为太忙，没时间，一次次选择了忽略。

周西说：生命没有如果，只有后果和结果。

不论有多少没做完的梦，有多少没来得及说出来的话，有多少还没来得及做的事情，在生命被宣判了死刑的那一瞬间，都失去了所有可能性。

你永远不知道，明天和意外谁先到来。

-3-

我知道，很多人在看这个视频的时候会双眼通红，也会告诫自己：以后坚决不能再熬夜了。

可是，过了今天呢，过了明天呢，一星期以后，一个月以后呢？

我们的记忆好像会自动删除，再也不记得这件事，不记得当时给自己的告诫了。

因为我们都有一样的侥幸心理。我们的潜意识会告诉自己：这件事情不会发生在我们身上。

-4-

好像从高中时起，我的身体就一直不太好。

高三的时候，因为胃病每周都得去医院检查，然后再背回来一大堆莫名其妙的药。现在还记得第一次主动要求做胃镜的时候，医生难以置信的口气：哎哟，小丫头挺勇敢的嘛。

大学的时候，因为身体状况，每个月都去医院检查，看着那些冰冷的仪器插在自己身上，感受着电流带来的刺激感，背回来很多已经厌倦到恶心的西药或者中药。

有时候从医院回来，就坐在宿舍里哭，想着这样的生活什么时候才是个尽头，我要什么时候才能停止吃这乱七八糟的药。

我不敢告诉父母，因为明白距离会将原本就有的担忧扩大千万倍，也明白，告诉了也没什么用。继续过着上课、自习、考证、去医院，单调重复的日子。

记得有一次去学校的小食堂吃了一碗荞面饸饹（不是因为饸饹的缘故哦），回寝室的路上整个人都昏昏沉沉的，还想着可能是又感冒了。

躺在床上午睡的时候，呼吸时整个喉咙就发出类似于吹口哨的声响，我翻个身想尽量让声音小一点，因为其他舍友都已经熟睡了，可是声音貌似越来越大，我的头也越来越晕。

无奈之下，我就去了卫生间，整个人趴在水池上，昏昏沉沉，嗓子里的口哨声也越来越明显，路过的同班同学看我很奇怪，就连忙把我送到了医院。

左手臂打着吊瓶，护士拿着如手臂一般粗的针管子给我的右手臂一点点手动推送什么东西，鼻子里插着氧气管。

我就静静地坐在床上。

那个时候我就在想：要是有一天忽然挂了怎么办？

你那些还没有实现的愿望会甘心吗？

你想要在一起的人还离你很远，你会遗憾吗？

还有你一直想守护的父母，又要怎么办呢？

如果生命明天就结束，你最想做什么？

—5—

有的时候我们忙，是真的忙，想在还年轻的时候再拼一把，尝试更多的可能性。

有的时候，我们忙，是瞎忙。

我们熬夜工作到一两点，有时候只是因为我们工作效率低。

我们在上班的时候一边漫不经心地工作，一边在群里水聊；我们想着过来拿本书就走，可是不自觉又拿起了手机，半个小时就过去了。

我们想着很快把手里这件事做完就下班，可看到同事在看一个视频，哈哈大笑，也跟过去蹭一眼，半个小时又没了。

很多时候，我们忙，是因为我们自己把原本完整的时间，用手机、闲聊等闲事分割了，导致工作效率下降，不得不熬夜。

很多时候，我们加班，我们熬夜，我们对自己说：连续工作了多久，却没什么结果，我们只是在感动自己而已。

可是，无论是哪种忙，都要以爱惜身体、心疼自己为原则。

我希望人生之路能走得远一点、走得长一点，而不是为了当前的一时之快，丧失掉看后面美景的机会。

爱惜生命不只是口头说说而已，活在当下比什么都重要。

part 2

在青春里，
请无所畏惧地努力

对不起，
你运气真的不太好

-1-

早上上班时，刚收拾完办公桌，就听到咚咚咚的高跟鞋声从外面传来，我心想：完了，不会是经理来上班了吧，她今天怎么这么准时。

还没来得及判断，就听到经理的责问声：办公室的人都去哪里了？都八点四十了还没上班吗？就你们几个，其他人呢？

音调越来越高，火气越来越大。看着空荡荡的办公室，我们在场的几个同事面面相觑，我在心里默默念叨：要完蛋了。

我们八点半上班，经理一般九点左右到办公室，员工公寓离办公室不到五分钟的路程，因为春困秋乏，刚毕业的几位同事早上总是喜欢赖床，八点的闹钟一直响到八点半，然后迅速穿衣洗漱，八点五十之前一溜小跑到办公室。

怕什么迟到，反正经理九点才上班。很快，这样的生活节奏大家都习惯了。早到的同事习惯他们迟到，迟到的也习惯了自己迟到。

今天经理本来是要出差的，结果不小心把一份资料落在了办公室，自己又没带办公室钥匙，就到我们办公室来拿备用钥匙。结果就看到上了班依然空荡荡的办公室，顿时火气就上来了。

后面来的免不了一顿血雨腥风，经理就站在门口质问：为什么要迟到，因为什么迟到，今天是迟到日吗？新来的毕业生连气都不敢喘，唯唯诺诺地低着头。几个老同事后来抱怨道：平常就是这个点上班呀，谁知道她今天这么早来公司，不是去出差了吗？真倒霉！

你可以怪办公室风气不好，大家都迟到所以你也跟着习惯了；你也可以怪经理太粗心，明明平常都是九点到公司，怎么今天就落下了资料；当然，你还可以把这一切归咎于运气不好。

可是，你也要明白，从你习惯迟到的那天起，这件事肯定会发生，只不过是时间早晚的问题罢了。

只不过是你一直抱着侥幸心理，在自欺欺人罢了。

-2-

这让我想起了去年毕业答辩时的场景。

上一届答辩时，就听说学院的答辩导师有多变态，竟然把女生都骂哭了，很多人连PPT都没打开就直接进了二次答辩，那几个据说平常学习很好的人基本挂了。还在准备学年论文的我们被这些流言蜚语吓得不轻。

所以后来在准备论文的时候，我们平常几个一起复习的都不敢掉以轻心，该查资料查资料，该找导师找导师。每一次找导师，都要修改很多东西；每一次去打印店，都要因为格式问题花很多冤枉钱。

等到真正答辩的时候，却依然战战兢兢，想着明天穿什么衣服，导师会提什么问题。

才发现，传言不是虚的，真有人被骂哭，台上的女生低着头，两只手一直搓着衣角，时不时擦擦眼泪，什么话都不敢说。导师在下面言语犀利，没留半分情面。

看得我们这些旁观者都替那个女生尴尬，下面都是自己的同学、舍友、导师，自己就被挂在了台上，走也不是，不走也不是。

可是真实原因是什么？这个女生毕业论文的PPT做得花里胡哨，连大一新生的都不如，字体、格式都没按要求设置好，关键是：最后的致谢，全部是抄的，而且还没改，直接把别人的“感谢老师们的三年教导”搬了过来。老师当时就火了：我们教了你四年，你把那一年吃了吗？还有，大学名字都打错，到底有没有用心？

导师很生气，学生很委屈，台下很尴尬。

是导师太过苛责了吗？可有的同学上去流利阐述完自己的论文，基本不用思考就可以直接回答完老师的问题，论文里的各个细节也一清二楚，然后以一个优美的姿态离场。

我们总是习惯性地从外界找原因，觉得导师太严厉，觉得世界太残酷，觉得别人怎么能那么冷漠，都不顾及一下自己的立场处境，觉得自己最委屈。

可是很多时候，你的悲惨、你的处境都是由你自己决定的。是你决定了别人对待你的态度，以及你的生活方式。

苏格拉底曾说：不经审视的人生，不值得一过。可是我们大部分人总是习惯于找外因，而不是内因，审视自己是不是出了什么问题。

-3-

人都有惰性，同样是三个小时，我们宁愿舒舒服服躺在床上看部电影或者出去吃个饭，也不愿趴在桌子上看书、学习或者锻炼身体。

人也都具有侥幸心理，对于发生在其他人身上的意外和事故，我们习惯于视若无睹，因为我们潜意识里认为这些事情不会发生在自己身上。

可是真正厉害的人，不仅可以消灭自己的惰性、管理好自己的时间和情绪，还能理智地排除侥幸心理。

不仅能看到眼前的事情，还能看到以后有可能发生的事情。相比于潜意识的逃避，更愿意选择勇敢地面对。

我认识的大部分作者，都不是专业写作的。他们总是在白天把自己该做的事完成之后，晚上回去拖着沉重的身体，十分不情愿地打开电脑，然后开始另一种“夜生活”。

不是不想轻松快乐地玩耍，谁都想要自由舒服的生活，只是他们明确地知道自己更想要什么，知道自己在做什么。

你现在所付出的，或者是所偷的懒，不会轻易就显现出来，但是随着时间的流逝，会一点点积累，一点点给你挂账，等到关键时刻，忽然给你一个意想不到的结果，有的人欢喜之至，有的人倒霉透顶。

有一句老生常谈的话：运是强者的谦辞，命是弱者的借口。

很多时候，不是你运气不好，而是你连最基本的事情都没做好，最该付出的都没付出，然后还在那里幻想着能够侥幸混过去。

静下心来，多做、多想、多读书，少抱有侥幸心理，少将自己一定要做的事情押在一些小概率事件上，你会发现，生活会对你宽容很多。

现在的人生，也许不是你想要的，但一定是你自找的

-1-

白姐在朋友圈发了这样一条状态：**我们心中，都有一个梦想，要有一所大房子，很大的落地窗，阳光洒在地板上，面朝大海，春暖花开。在美好的日子里，不为金钱发愁，不向傻逼低头，只做自己喜欢的事情**。

可是，我们却还沉迷于这样的日子：**无效的社交，漫无目的地刷微博，毫无底线透支信用卡，沉迷于烟雾缭绕的网吧游戏，看烂大街的肥皂剧**。

现在的人生，或许不是你想要的，但一定是你自找的。

看起来是一句很鸡汤、烂大街的话，但是却一下子戳到了核心，直指要害。

这说的不就是一贯偷懒还花式找借口的我们吗？

-2-

不知道从什么时候起，好像但凡跟励志有关的、跟努力挂钩的，不是情感小说，就都会被强制贴上一个标签——鸡汤。

人们讨厌鸡汤，觉得全世界的鸡汤讲的都是一个道理，但凡稍微有一点共性，都会跳出来说是“鸡汤”。

可能不是讨厌鸡汤，而是讨厌那个喝多少鸡汤都改变不了的自己吧。

我们不想看到那个懒散、一事无成的自己，然而看到别人兢兢业业、认认真真却总又觉得没什么用，鸡汤看了两句还是不想去改，最后骂一句：鸡汤，没用。

鸡汤是没用，拯救不了一心向懒的你。

-3-

前两天，邀请老显来公司的平台讲微课，因为是讲最擅长的时间管理，彼此也还算熟悉，老显二话不说就答应了。

老显在一家全球500强的央企上班，过着朝九晚五的生活，拥有着大家口中的铁饭碗，日子不那么优渥，但是也不差。种种原因，老显最终加入了新媒体这个大本营，开始运营自己的公众号，做得也还不错。

于是，跟很多上班族一样，白天上班，晚上写文。

老显那一周接了四节微课，周一到周四连着上，白天上班，晚上回去就准备讲课的内容。先写了一万多字，自己不满意，就删节到了五千多字。然后又新增到一万多字。

第一天凌晨两点的时候，老显跟我发语音说：树獭，我把文案大纲修改好了，发给你看看。

第二天凌晨四点半的时候，老显给我发来了他一万多字讲义的照片。我心里一惊，四点半了还没睡，这样身体能吃得消吗？

他那一周，正常上班的同时又讲了四节微课，包括写文案，跟对方沟通微课细节等，还坚持写文。

以前自己写文的时候，觉得坚持写文不是一件很正常的事情吗？等到后面的事情越来越多了，等到工作忙得不可开交、闲下来只想睡觉时，才发现，能日更而且坚持下来的，不是人才，是神。

能把一件简单的事情，坚持下来，做到极致，本身就是一件不容小觑的事。

-4-

我现在的舍友兼同事——一个自称温柔可爱而且貌美如花的人，还是一个大四学生，但是在公司上班都一年多了。

大三的时候就来公司做新媒体，虽然说是兼职，但是跟全职也没什么区别，因为生活中的大部分时间分给了工作。

晚上十二点多还在看文章，给广告公司发文章预览；在地铁上的时候跟一些作者或者是老师联系微课，敲定时间；得空就去订阅号上刷文章、找文章、联系授权，然后上班的时候排版、保存。

其实还是一个大四没毕业的学生，但是行事作风跟一个在职场历练了好几年的老江湖有一拼，行事稳妥，性子不急不躁。

最重要的是，还长得好看。

有时候想想：上天其实还是很公平的，虽然不可能一出生大家就在一个起跑线上，甚至你的终点都是别人的起跑线。但还是有一点余地的，**你的付出，始终是可以被看到的；你的所作所为，最终都会有结果的**。

换句话说：**对于生活，我们还是握有一部分主动权的**。

但可悲的是，我们经常忘记。可能是是因为旁人的劝告忘记：别拼了，人生就那样；可能是因为自己的懈怠放弃：太累了，就那样吧。

—5—

之前跟老师谈话，他说：你们年轻时候所经历的事，其实大部分不是什么事。

你们觉得没有积累到一定资本，没车、没房，穷；

你们觉得没找到合适的对象，不开心；

你们觉得工作不如意，上司不好相处。

现在的人生，也许不是你想要的，

但一定是你自找的。

对，这些可能是你们目前所遇到的让你们不开心的、觉得跨不过去的坎儿，觉得很难熬。但是把时间轴线稍微拉长一点，你们就会明白这一切都不是事，都会过去的。

况且你们现在所经历的，是大部分人在承受的。大家没什么差别，而你们也能通过自己的努力和坚持，扛过这一段时间。

这些都不是什么事。

而那些真正的可悲，是时代的可悲；是天灾人祸的可悲；是你无论怎样努力，主动权都没法掌握到自己手里的可悲。

这才是真的无奈。

而现在我们所经历的，不是以前没做好所应该承担的，就是为以后要走的路所埋下的伏笔。

现在的人生，也许不是你想要的，但一定是你自找的。

早起的人，才能真正拥有整个世界

-1-

很久之前看过这样一句话：**那些匀速奔跑的，你永远也赶不上。**

你看到别人在不紧不慢地跑着，你想着自己稍微加一下速就可以超过他，不以为意。可是，一两圈下来，你早已经筋疲力尽，别人却依然在你的前方不紧不慢地跑着，一次又一次超越你。

这其实就如同生活。

能将一件事情有规律、长时间地坚持下来，可能在很短的时间里并不能看出什么效果，但时间轴线稍微一拉伸，你就会看到意想不到的结果。

比如，早起这件事情。

-2-

我一直都想早起，从一毕业就开始，但不幸的是，只是偶尔间接性地早起了一两天，感受到了清晨对我的爱意，然后就立马继续投入被窝的怀抱。

每天看到有人在群里打卡跑步、打卡早起，看他们日复一日执行着自己的计划，坚持着自己的生活规律。

而我，凌晨了还在群里活跃，水着群、聊着天，结果第二天早上就起不来。

上一份工作，办公的地方离寝室特别近，慢悠悠晃过去也只要五分钟，小跑两分钟就够了。

刚开始上班，我还是很积极的。每天七点起床，洗好豆子和米煮饭，然后刷牙洗脸换衣服，等到饭煮好了，我也就收拾好了，然后迅速煎一个蛋，早餐就搞定了。

慢慢悠悠晃到公司，差不多八点了，收拾一下卫生、整理一下桌子、刷一下手机，然后就上班了。

虽然不至于那么充实，但是也还凑合吧，一早开始就神清气爽的。但不幸的是：这样的生活，并没有持续多久。

坚持了两三个月之后，我就找不到其中的乐趣了，说白了，就是变懒了。每天七点五十从床上爬起来，迅速收拾好，然后从冰箱里拿一块面包或者是楼下随便买点饼干，就去上班了。

这样做的后果是从早上开始就昏昏沉沉、睡不醒的样子，肚子还饿得咕咕叫。

早起毁一会儿，晚起毁一天啊。

-3-

换了新工作之后，由于工作性质不同，新的工作要求，晚上下班回到寝室后，可能要修改一下白天的排版，或者是申请一下明天的授权，还有一些临时性出现的事情，比如热点。

不能说这样的工作不好，这只是互联网工作的一个特征而已。但是这样，我每天晚上的整块时间就被打散了，一会儿可能要跟别人打电话沟通，一会儿可能又要去看一下刚发的文章效果，别人新发的文章也要第一时间看内容风格等。

再加上晚上偶尔的水群聊天，跟好朋友聊天叙旧，想静下心来看书、写文章基本是没什么可能性了。

可是，如果你不让我看书、写文章，对于现在的我来说，就等于把氧气瓶抽掉了，会窒息，会难以生活。

晚上的时间不能利用，只能往早上挪了。早上七点起床；七点到八点半，第一天看书，第二天写字，交叉着来；八点半到九点，快速收拾好东西，然后喝完早上煮好的燕麦；九点四十左右到公司上班。

这样，每天还有一个半小时的整块时间留给自己。一个半小时，你可以看书充电；也可以写写东西，写一些最近的想法，或者是这一段时间对于自身的反思均可。

最重要的是，早上起来，到阳台晃一圈，感受一下来自清晨的气息，然后，一整天都是美好的。

-4-

不知道有多少互联网媒体人因为长期熬夜身体垮掉；也不知道有多少个凌晨，小编们依然开着电脑码着字。

这样的生活，熬夜成了一件再正常不过、理所当然、习以为常的小事了。

以至于我们的价值观可能都是：熬夜=努力，拼命=奋斗。

即使你晚上睡觉前的两个小时并没有做什么，即使你晚上的工作效率很低，可是你依然乐此不疲地活跃在各个社群，然后到了凌晨才依依不舍地睡去。

如此，竟还有一种奋斗了一晚上的满足感。

这样的价值观让我感到很恐慌，虽然我没有权利对别人的生活作评价，但是我还是一再提醒自己：真正好的事情，都是以最温柔的方式缓缓进行的，要润物细无声，而不是大张旗鼓地去做一件事情。

我们要的是持久，而不是一时的鸡血，尤其是以透支身体和养成坏习惯为代价。

比起晚睡，我更希望你早起。

早起也并不仅仅是拥有一整块时间那么简单，更多的是你可以培养自己良好的作息习惯。而将一件看似简单的事情坚持下去，本身就是值得骄傲的。

而长期早起，可以让你更好地把控自己的生活节奏，提前准备好一天的东西，拥有对生活的自信心，而不至于一直活在焦虑之中。

毕竟，早起的人儿，才能拥有整个世界。

年轻人，
别被无用束缚了人生

-1-

上中学时，同学们经常会把这段话挂在嘴边：

学数学有什么用，你去菜场买菜，要用二次函数算价格吗？你去外面吃饭，用得着三角函数吗？

学语文有什么用，我以后又不上中文系，不当文学家，为什么要研究那些作者出题的意图？

学英语有什么用，我将来就想老老实实待在中国，又不打算出国，不打算当翻译家。

乍一听很有道理的话，细究起来却有几分可笑。

那个时候的我们，只能看到眼前的有用与否，却看不到更长远的地方。而所谓眼界，就是能将眼光放到更长远的地方，放到容易被我们忽略但是却有潜在价值的角落。

-2-

最近编辑找我校稿，给了我两篇她校正之后的稿子，让我研究一下她的改法和意图，然后尝试修改一小节。

我看了编辑的改稿，密密麻麻的红线、黄线、加粗布满了整个文档。

这句话没有主语，编辑把“我”给添了进去；

这句话句子结构成分不对，编辑把它重新调整了一下结构；

这句话里的口头语，编辑换成了书面表达。

虽然是同样的意思，但是经过调整，整篇文章给人的感觉就舒服多了。

细想一下，这不就是我们中学时候学的找病句吗？

写作的时候，心里只想着将脑海里的想法表达出来，只顾自己写着、读着舒服，但是却忽略了最简单的句子结构和语法问题。

而以前在中学时觉得毫无用处的“找语病”，这时就派上了用场。

有些东西不是没有用，而是当下没有用到的时机。如果因此而放弃它，等到万一有用得上的机会了，你却没有相应的知识储备。呜呼哀哉！

-3-

很多人说读书无用，尤其是读闲书。在大多数家长眼里，那些偷偷看小说、读闲书的行为都被视为“不务正业”。

因为一不能让你的高考分数增加，二不能给你带来财富收入，却还要浪费你复习功课的时间，花钱买闲书来读。

在很多家长眼里，读闲书是一大忌讳。甚至很多成年的朋友跟我说：我不能懂，为什么有人喜欢看书呢？书有什么好看的？

有一句话是这样讲的：你现在身上的气质，包含了你爱过的人、走过的路和看过的书。

读书在短期看来是无用的，可是长此以往，你会发现你的视野和格局将会有不一样的提升，你不会盯着当前的每一件小事发愁，也不会只将生活局限于眼前，你的思维方式也会有不同程度的提高。

你会在书里看到不一样的人生，从各个主人公的身上找到自己的影子，进而更好地分析自己。

有些东西的无用，是表面上的无用，但对你身心性格的影响，却是骨子里的，那才是要伴随你一生的东西。

-4-

想起以前考研复习的时候，我经常会问自己：要是考不上怎么办？那我这一年的时间不是浪费了？我做这么多还有什么用？

人们常常嘴上说着：过程最重要，可是又有几个是真正不在意结果的呢？

总是担心失败了，自己的努力就白费了，那么，眼前做的又有什么用？

后来，一位老师跟我们说：你的钱可能会被别人偷走，你的东西也有可能被别人抢走，但是你所学到的知识，转化到你身上的精神财富，这些都是你的，是别人无论如何都抢不走的。

不要把眼光一直局限于眼前的付出，能不能为你带来短期的收获，也不要在意失败了如何，浪费了又怎样？

将短时期的付出放在人生的大框架下去考虑，你就会发现：当前的一切都是有用的。

可是考研还是失败了，很长一段时间我都沉浸在失败的阴影里，直到后来慢慢走出来，才明白：结果虽然是失败，但是那一段时间并没有浪费。

我在那一年里，将我的专业知识强化了好几倍，对我后来的工作面试起到了很大作用；也学习了以前从未接触的新知识，认识了一群志同道合的朋友。

更重要的是，我为自己想要做的勇敢迈出了一步，挑战了自己，而不是一味地选择逃避。即使结果失败，对我来说，这也是一种突破。

-5-

开始写作的时候，听一位资深媒体老师跟我讲：决定一个作者能走多远的，不是他的名气和人脉，而是他文章的、自身的格局和眼界。

写作如此，人生亦如此。

不计较当下一点点的得失，不让琐碎的小事占据自己的全部头脑，也不会将太多精力用来研究当下所做是否有用。

内心深处，承载着自己的梦想和要走的路，而所走的每一步，都是在给未来打基础。有可能当下你付出的看起来并没有什么用，但请相信：这些，终有一天，会以不同的方式回归到你身边。

与其将精力放在有用无用身上，还不如尽早去发掘其中的奥妙与乐趣。

你活得那么失败，
可能就是因为什么鸡汤都喝不进去

-1-

也许是公众号的鸡汤越来越多的原因，很多人开始分不清真鸡汤和伪鸡汤，只要是鸡汤，只要是道理，我都不听，一竿子全部打翻。无论是精华还是糟粕，全部拒之门外，一副“我不管，我最美的样子”坚持我行我素。

周末去给还在读高中的表妹辅导功课，看着一觉醒来十点多、床上一团糟糕的表妹，吃完午饭之后，又趴在书桌前打游戏、玩手机，心痛加无奈。本来是跟自己没有关系的，但是奈何答应了姑妈的嘱托，要给“不懂事”的表妹做做思想工作。

我说：小琳呀，我知道你喜欢打游戏、想睡懒觉，不喜欢读书、做功课，这些我都可以理解。但是毕竟你现在还在读书，虽然说高考不是人生的唯一道路，但对于一般的家庭而言，高考确实是不可多得

的机会。

年轻的时候贪玩，以后都是要偿还的。网上不是有一句话：孩子，我知道读书的人生苦，但是不读书的人生更苦啊。

我话还没说完，表妹就打断：姐姐，你那是鸡汤。一看你就是鸡汤喝多了，我跟你说，鸡汤不能多喝，喝多了人会变傻的。

什么年轻人就要努力奋斗、什么我们就要好好学习，还有什么要早起、要跟家人好好说话，都是鸡汤，你们呀，就是鸡汤喝多了。

我：……

毫无疑问，对话以我的惨败收尾。

-2-

不知道从什么时候起，鸡汤被人们冠之以贬义词的属性。记得我上高中的时候，学校门口的书店有一套书，叫作《心灵鸡汤》。当时还分很多系列，但是怎奈我囊中羞涩，一本都没看过。

怎么到现在，鸡汤已经沦落到过街老鼠——人人喊打的地步了呢？

之前跟一个前同事小荷聊天，中间聊到减肥的问题。小荷苦于孕后身材走形，每见一个老同学都要被惊讶的眼神伤害一次，看着日渐冷淡的丈夫和镜子里有些浮肿的自己，问我应该怎么办。

我知道小荷是一个对美食，尤其是蛋糕、甜点毫无抵抗力的人。于是说道：要看你对身材的渴望和对美食的欲望，哪个更强烈一些。

其实，从你现在的处境出发，每天花一个小时出去走走、散散步，或者小跑开始运动运动；吃饭从十二分饱降到八分饱，高能量的甜点以及美食，少吃；晚上八点以后不要吃夜宵。

这个样子，坚持一个月，再看看效果。

小荷苦恼地说：道理我都懂，可就是做不到啊。我随口说了一句：自律的人才可以享受自由。生活是，身材也是。

小荷立马反驳道：鸡汤，又给我灌鸡汤。我一个黑脸，不知道说什么，最后默默打出一行字：你开心就好。

-3-

想起佛印和苏轼的故事，你心中装的是什么，你眼中看到的就是什么。

别人说：读书可以修身养性。你说：那是装，我就不喜欢看书。

别人说：自律的人才享有自由。你说：那是鸡汤，我就是要随心所欲。

别人说：早起的人儿才能拥有整个世界。你说：我那是不愿意，我要是想起，六点都可以起来，可我就是要睡美容觉。

别人说：对越亲近的人，越要好好说话。你说：那是虚伪，我就是要真性情，该吼吼，该骂骂，谁能奈我何？

别人说：有教养的人，不随意对别人发脾气。你说：有本事你咬我呀。

对对对，全世界你最厉害。

末了，你在朋友圈问道：为什么我懂了那么多道理，但是依旧过不好这一生？

可能正是因为你什么鸡汤都不喝，所以才活得这么失败吧。

-4-

后台有一个读者提问：你说现在公众号的鸡汤那么多，到底是该喝还是不该喝呢？

我想起了之前跟一个朋友的对话，虽然已经记不清楚具体是谁了，但是我们谈到了鸡汤这个问题。朋友说：虽然现在讨厌鸡汤的人那么多，但是你相信吗？我最难熬的时候，就是通过鸡汤扛过来的。

我看着她，笑了笑说：我也是。

虽然现在不论有什么道理，不管是常识还是心理，都会被打上鸡汤的标签。但是很多时候，除了伪鸡汤，一些正宗的鸡汤，人们还是需要的，尤其是处于迷茫倦怠期的人。

以前考研，本就对自己没信心的我，就不知道该怎么办了，再加上学校保研的消息一出，中途无数次想放弃，不想坚持了，因为太累，因为前途未知。

担心自己的付出会白费，担心自己会走错了，丧失掉最好的机会。

可是正如人们所说：努力可能不会成功，但是不努力一定会失败。而且，很多时候，我们遗憾的不是我们做错了什么，而是我们当时本可以做却一直没勇气做的。况且，条条大路通罗马。其实很多时候，只要你坚持走下去，无论是哪条路，都会带给你不一样的收获。

其实，在人生的道路上，会让后来的我们感到后悔的，都是曾经想做却没有勇气去做的事情，而不是失败了的事情。

但那个时候，这些道理始终都想不通，纠结了好久，最后还是一个朋友把我点醒的。这些是鸡汤吗？很显然，从现在的读者角度看，纯正加浓鸡汤。但就是这些鸡汤，在关键时刻点醒了我。

所以其实有时候并不是鸡汤没有用，而是你打心底里排斥厌恶鸡汤，不愿意改变自己的惰性，或者你从来只是知道鸡汤，但是却不肯去行动。

最好的方式是，不全部接受鸡汤，但也不将它全部拒之门外。取其精华，去其糟粕。学习里面有用的东西，再对照自身，只要能达到让你变得更好的目标，喝碗鸡汤又如何。

孩子，不是鸡汤有毒，是你拿勺子的方式不对。

你的周末，决定了你未来的状态

-1-

周六的早上，一觉醒来已是九点，关了闹钟，懒洋洋地翻了个身，再次醒来时，钟表指针已经指到了十一点半。

太阳暖暖地照到床上，我很不情愿地跟我的床说了再见。然后，刷牙、洗脸、吃饭。十二点钟，打车到了附近一家环境不错的咖啡图书馆，点了一杯咖啡，放在一边，开始了一天的生活。

有刚认识的朋友看到我的状态，说：你也是没有上午的人吗？我苦笑了一下，表示认同。

咖啡厅里，我左边的大叔，拿了一本村上春树的书籍，一翻就是一个上午。其间还不忘用笔在笔记本上写写画画记录着什么。

我右前方的一个男生，从我刚坐下开始到我走，一直对着手机，不知道是看电影还是看电视剧，其间头都没抬起来一下。

我旁边的阿姨，一直陪着刚学会走路的小孩拼积木、认字母。耐心地陪小孩做着每一个简单的动作，倾听他的每一个情绪表达。

同样的周末，不同的人生。

–2–

你的人生是什么样，就要看你把时间花费在了什么地方。而周末，就占了一周时间的七分之二，周末的生活，决定了你未来的状态。

很早之前，认识一个写作的大神，跟很多写作的斜杠青年一样，白天上班，晚上写稿，周末的时间，永远都安排得满满当当。

有一次聊天，偶然知道他那一周的安排：周五下班之后，从公司直接出发，坐上了去另一个城市的高铁，在高铁上看了一部分东野圭吾的《白夜行》；晚上八点到达酒店，迅速开始了之前安排好的一个线上微课；九点半讲完微课，吃了夜宵，开始准备第二天线下读书会的分享纲要；周天回去的路上，看完了《白夜行》的另外一部分；周六进行了半天的线下读书会的分享，晚上约了朋友吃饭、聊天，深夜写了一篇稿子。

曾几何时，我问他：你这样不累吗？

他回答：累啊。但是因为有自己的目标和对未来的打算，虽然累，却很开心、很满足。况且，时间对于所有人都是一样的，忙碌充实也是一个周末，闲散懒惰也是一个周末，就看你想要什么样的生活。

不同的周末，不同的生活。

—3—

前几天听一个刚入职场的小朋友抱怨，觉得生活好没有意思。白天跟大家一样上班、玩手机，下班之后看看电视剧、再玩玩手机，就睡觉了，生活虽然简单枯燥，但是也还能忍受。

可是周末就不知道怎么办了。三个人的宿舍，有一个本地的回家陪爸妈；有一个与男朋友出去约会；只有自己，对着空荡荡的寝室，感受着莫名的孤独。

不会管理自己的时间，不会安排自己的周末。对于自己的人生规划，更是一头雾水。

对于生活，真正拉开距离的从来都不是群居的时间，例如上班八小时，而是下班后的两个小时，以及周末。

因为上班的时间虽然繁忙，但是大家所做的事情，以及对未来的规划，本质区别并不大，尤其是对于同一起点的人。但是周末的时间，却决定了你未来的状态的样子。

将周末的时间用在读书和写作上，坚持几年，你对事物的认知、你的格局与事业以及你的写作能力，都将会有大幅度的提升，甚至可以发展为你的第二职业。

将周末的时间用在旅行上，时间久了，你会对生活和世界有更深层次的理解和看法，你也会有相关方面的人脉和资源。不论是旅行攻略，还是整合资源，都会有不错的效果。

将周末的时间花在自己的职业上，比如去提升专业技能或者是职场上的一些沟通技巧，都会让你的工作效率事半功倍，在事业这条路上，也会越走越宽、越走越快。

将周末的时间用在培养自己的兴趣上，用时间和热爱去成就属于自己的另一个拿得出手的技能，对于个人，也是一个十分不错的加分项。

很大程度上，你的周末，决定了你未来的状态。

-4-

前几天听李尚龙老师的微课，其中有两点让我感悟颇深：

第一，要有拿得出手的一技之长，将一件事情做到极致，将一个技能学到精湛，然后通过这个一技之长，找到生活的另一个领域。

第二，培养自己的不可替代性。不是有这么一句话：你的收入不一定和你的努力成正比，但是却和你的不可替代性成正比。尽量培养自己的不可替代性，而不是用无谓的努力感动自己。

而这两点的培养，很多时候都要依靠下班，或者周末来打造。利用周末，来拉开自己与别人的距离。

知乎上有一个问题：为什么毕业三四年之后，同学们之间的差距会这么大？其中有一个原因就是：虽然表面上都是工作，但是对于时间的管理、对于周末的安排，却是截然不同的。

很多时候，对于时间的不同安排，一两天是看不出差距的，但是一两年、数十年，你们的差距就会如同跨越不了的鸿沟，将你们划分成两个世界的人。

每个人都在
以你不知道的方式负重前行

-1-

愚人节的时候，我在朋友圈发了这样一段文字：在中国，好像所有的节日都可以过成情人节。

底下的评论不乏一些虐狗的狗粮：不是啊，我现在每天都是情人节；感觉爱对了人，情人节每天都过；等等。

但是其中有一句话，却让我心情变得沉重起来：我感觉每一个节日对我而言都是很平常的日子，除了我儿子的生日！有时候觉得活得真累，80后上有老下有小，不甘心做全职妈妈，可是没人帮忙带孩子，身在三线城市，房价高不可攀，每天感觉自己都缺睡眠！累得不行，幸好心态好，要不我也早已抑郁了！

深夜，我把这段话看了好几遍，能完全体会到她的焦虑和无奈，但是却也无可奈何。**生活，有时候就是这样，每个人都不是以你朋友圈看**

到的光鲜亮丽般的模样活着，每个人都有自己不得不面对的现实和不得不苟且的生活。

我认识的一位姐姐梅子，嫁给了很爱她的老公，两个人生活甜蜜幸福，恩爱有加。再加上两个人的经济收入都不低，所以生活虽然算不上大富大贵，但是也小富即安。

有一份稳定的收入，有一位很体贴的老公，还有一个很可爱的baby，家境不错，在上海有房有车。这应该是大部分人羡慕的别人的生活吧。只是后来认识久了才慢慢了解到：每个人的生活，都不是你表面上看到的那样。

-2-

梅子姐姐虽然衣食无忧、有家有爱，但是却也常常对生活产生绝望之感。自己白天要上班，在办公室里因为意见不合和上司争执不休，还要对一些心怀叵测的同事严加提防。回到家之后，要照顾刚放学的小孩，看着她穿着脏兮兮的衣服在屋子里满地打滚，虽然生气但是却不能批评，因为正是贪玩的年纪。

安顿好孩子之后，便要开始准备当天的晚饭。在厨房里叮叮当当忙活一个小时，老公也下班了，一家人和和乐乐吃一顿晚饭。两个人再聊聊天，陪孩子玩一会儿，孩子休息之后，她才开始看书、写字。

就这样，重复着平凡幸福却又枯燥焦虑的生活。

梅子姐姐说：自从生了小孩之后，就再也没有去电影院看过电影，没有听过喜欢的歌星的演唱会，再也没能出去爬山旅游。一是没时间，二是拖家带口实在不方便。

其实也有自己的梦想和想要做的事情，但是被生活压榨得很难有时间去做自己喜欢做的事情。看着每个月的消费账单，以及每天那么多的待办事项，还有怎么做都没法让上司满意的工作，对生活的焦虑和绝望便油然而生。

-3-

梅子姐姐不是个例，看了看我身边人的生活。可能是由于现在的节奏太快、压力太大；也有可能是因为年轻人想要的东西太多，所以付出的就要更多；或者是被生活所迫，不得已这样。总之，我们似乎都在被生活追赶紧逼，被焦虑绝望侵袭。

后来认识的一位朋友小九，在深圳一家新媒体公司上班，现在已经升级到他们公司的一个小主管，每天都在为下属的工作质量不高以及间歇性失踪发愁，还要为领导的各种突发奇想准备方案，经常在凌晨的时候才打车回家，沉沉入睡。

除此之外，他还在跟别人合伙创业。周末的时间基本奉献给了自己的小创业团队，头脑风暴、做调研、拉客户、整合资源。同时，还有自己的一些定期的微课和写作分享。

看着他的时间管理，我经常目瞪口呆。一是为他的时间管理之详细

而佩服；二是为工作强度之大以及生活节奏之快而吃惊。有时候看着他的眼睛充满了红血丝，但是还继续在电脑前写稿，我是既心疼又绝望。

我们就是这么绝望而焦虑、努力而拼命地在一座城市里生存着。

-4-

没有人像他在自己的朋友圈里那样光鲜亮丽，因为我们留给世界的，永远是自己最美好的一面；没有人能永远活在父母的呵护与他人的爱惜之下，因为总有一天，我们要去独立面对生活。

生活确实很累，让我们为了生存，不得不付出大量的努力和精力，不得不牺牲自己的自由和些许的爱好。每个人的光鲜亮丽背后，都藏着不为人知的努力和辛苦。我们也常常为自己的处境和未来陷入无尽的焦虑和绝望之中，不知道前面是什么样的，不知道未来还会不会来。

但是，即使这样，又能怎样呢？

古人云：天下没有免费的午餐。如果你想要得到什么，你就必须用自己的一部分东西去交换。同样的道理，你想要财务自由、时间自由，那你就得牺牲你短时期的安逸与轻松。

生活本身就是一部冷冰冰的法则，如果你没有办法反抗它，那只有尽可能地去适应它。而我们短时期的绝望、焦虑以及努力、拼命，其实都是在为实现自己将来的财务自由和时间自由做努力。

关键是，我们还有梦啊。我们还有自己想做的事情、想过的生活，并不想就这么苟且地过一生啊。而为了实现自己未完成的梦，为了过想要的生活，为了能得到以后的自由和独立，我们现在只能更加拼命和努力。

每个人都在以你不知道的方式负重前行，每个人都在用自己的选择过一生，愿你活得自由、独立、快乐!

那么努力，
就是为了有酒可喝，有人可爱

-1-

周末吃过午饭之后，就背起小包带着电脑，在附近寻找比较合适的图书馆，想着待一天。不幸的是，第一家图书馆告诉我：你不能带电脑。对于一个以写稿为生的人，不能带电脑，无疑是要了我的命。打车去了第二家，想着比较大，听起来比较正规一点，然后一进门就问可以带电脑吗？管理员慢悠悠地告诉我：当然可以带电脑，但是没有电源。

虽然听起来很伤心，但是我仍然带着电脑，进了这家图书馆，在最里面的一张桌子坐了下来。打开电脑的第一件事，就是看电池还有多少电。

前面的人在安静地翻着书，旁边的女生在唰唰地算着题，手里是我熟悉得不能再熟悉的注册会计师的课本。

一切看起来似乎很平常，但我心里知道：还是有区别的。

我不是个工作狂，也没有多么大的雄心壮志，努力工作、拼命加班，然后当上主管，出任CEO，最好嫁个高富帅。但是毕业以来，却从没有歇息过。最开始的时候，白天上班，晚上拿出厚厚的注会课本，开始复习注会，或者是研究Excel的一些技巧公式。后来，就是白天上班，晚上吃完晚饭就开始写稿、推送公众号，然后赶在十二点之前躺在床上睡觉。

就连我的老板都说：压根儿不用给她灌鸡汤，因为她身上自带电动马达属性，只要给她一个任务，她就会噌噌地把它弄完，压根儿不用监督。

最近更是达到了极致。算了算，我已经连续日更了十五篇文章。记得情人节那天，跟室友出去吃晚饭看电影回来，十二点的时候悄悄走到了客厅，打开了电脑开始写文。

不是因为勤奋有多感人，也不是鸡汤喝多了，更不是因为有想要的东西、去想去的地方，想着银行卡有多少位数。只是想要一觉醒来的时候，看着窗外灿烂的阳光，对伴侣说：今天天气真好，我们不上班了，出去玩吧。

因为想要自由、想要舒服。如此简单而已。

—2—

关系比较好的一个朋友偶尔跟我开玩笑说：生活好累哦，要不你养我吧。我笑着打趣道：那你可是要少吃点哦，我比较穷，买不起粮食。

上班族都会比较羡慕自由职业者，因为不用被朝九晚五的生活所束缚，不用为工作和加班所忧愁，想睡到几点就睡到几点，想去哪里就去哪里。

可是，却很少有人意识到：自由职业者比谁都累。没有稳定的薪资，没有旱涝保收的安稳，没有可以依靠的失业金和退休金，也没有可以为你承担风险的老板和公司，有的只是死撑的自己。

可是，万一自己累了呢？目前所依赖的这个平台，万一垮了呢？我们又该何去何从？

想着未知的风险，看着现在四不像的自己，还有更加绝望的处境，所以愈加艰辛，愈要努力。

真正的自由是自律加坚持换来的，而不是一觉睡到天大亮。

—3—

昨天跟妈妈打电话，妈妈在电话里抱怨道：表妹结婚了，爸爸作为娘家当舅舅的，给了多少份子钱，还送了什么什么礼物、给了孩子什么。自己心疼得都要流血了，可是对方还不给好脸色，觉得给得太少。

安慰了妈妈几句，却又陷入长久的沉思。父母为我们操劳了一辈子，他们的一生都在围着我们转，想给我们比较好的生活。可是，我什么时候才能为他们遮风挡雨呢？

心疼他们，却又为自己的表现无奈。

想起小时候，爷爷带我去另外一个爷爷——八爷家。可能是因为不经常去，也可能是出于礼貌，八爷送了我一个大苹果。在寒冬腊月里，一个鲜红的大苹果还是很诱人的，咬上一口，清脆可口。嘴馋的我，第二天还想吃，于是缠着爷爷再去八爷家串门，爷爷拗不过我，带着我去了，只是八爷没再给我苹果，我也不好意思问。

回来的路上，爷爷一直板着脸，后来叹了一口气：这孩子，怎么就这么不懂事呢?

我一直觉得愧疚于爷爷，只是再也没有了偿还的机会。他们因为太爱我，所以想给我更好的生活。而我，也想让自己自由，让他们自由。

有诗云：生命诚可贵，爱情价更高。若为自由故，二者皆可抛。

我一直是个向往自由、向往青山绿水的人。不论是身体，还是思想，如果一直被关着、被束缚着，就跟被圈在笼子里的鸟并无二致。而那么努力，就是为了自己想要自由的时候，可以拥有自由，哪怕这自由是相对的。

part　3

拼命奋斗，只为过更好的生活

你地铁里的样子
出卖了你

-1-

8月，第一次来上海。有一天早上坐地铁去一个比较远的公司面试，恰逢上班高峰期，我上车的那一站又正是比较中心的一站，人非常多。初来乍到的我，感受到了上海地铁真诚的问候。

你的前后左右都贴满了人，想挪一下脚都发现无能为力，手都不用抓把手就可以平稳地站立，一旦固定一个姿势就再也动不了。

你能感受到旁边人身体的扭动，你能猜出对面那个人今早吃了什么，呼吸着有点混浊的空气，你的头贴在别人背上，想离开半分都困难。

左前方的一个跟我一般大小的青年，一脸漠然地刷着手机；左边的一个背着书包的学生焦急地看着还有几站，坐在座位上的一个人跟好友聊得热火朝天，不远处还有人骂骂咧咧。

而就是在这样的环境里，我遇见了一位“不太合群”的老大爷。

那是在换乘的时候，我在地铁尾端的地方无意间遇到了他。一般地铁的头部和尾部会比中间的位置稍微宽松那么一点点，但是人也不少，我特地在换乘时选了地铁尾端的位置。

在拥挤的人群中，大爷一脸悠然地轻靠在车厢后壁上，没有将全身重力放在后面，只是轻轻靠着，好缓解站久了全身的疲累。拿着一把蒲扇，轻轻地扇着，笑着看着周围的人，偶尔会乐呵呵地跟旁边的爷爷奶奶搭上几句。

见我走过来没有合适的地方可以站，就特地往旁边挪了挪，然后给我腾出一片位置，笑着问我：地铁很挤吧？我点了点头。

可能是气场太强吧，在他周围，你都能感受到一种祥和、悠闲，而不是外部嘈杂拥挤的环境，虽然同在一个空间，可依然还是不同的感受。

我想，这样的人，在生活里也应该是一个悠闲自在、乐观开朗、做事不急不躁的人。不会因为外界的烦扰而急躁，也不会因为突发的事情而手忙脚乱。

-2-

而同样是在地铁里，完全不顾场合和形象，大吵大闹甚至大打出手的也不在少数。

那是在下班的时候，不是在中心线路，所以地铁也没那么挤。忽然间听到不远处传来的吵闹声，刚开始还听不太清楚，可后面声音就慢慢大了起来，指责甚至谩骂。

“你一个大男人，冲我吼什么吼，你以为你声音大我就怕你了。”一个女人尖锐的声音回荡在整个车厢。

“你别没事找事好不，在地铁里，拥挤是很正常的，我都跟你说了几遍了，我没有故意要挤你。”接着传来一个中年男子不耐烦的声音。

吵架没有因此熄火，反而因为双方的态度和情绪不断升级，两人甚至开始推推搡搡、大打出手，好在中途有一个人到站了，双方战争就此平息。

后来在旁边人的对话中，慢慢还原了事情的经过。原来是因为上车的时候太挤了，女方觉得男方一直在挤她，就说了好几次别挤她，但是并没有什么作用，所以很生气。而男方也觉得很委屈，地铁里都很挤，后面的人在挤我，我也是不得已才挤你的。

此时双方都工作了一天，很疲累，情绪也都不太好，一点小事都足以引发脾气的爆点。再加上双方态度都不怎么好，才导致争吵一再升级。

不想说孰是孰非，只是觉得在公开场合吵架甚至动手的人，必然在控制情绪方面有所欠缺。因为不能及时调整自己的情绪，所以一味听任自己的怒气，在公开场合不顾自己形象地吵架甚至动手。

而这样的人，在生活中也更缺乏谅解，很难站在别人的立场和角度思考问题。因为很多时候，一些事情双方可能都没有错，但是因为立场或者是不得已的原因，难免会造成彼此的一些误会，而这个时候，适当的沟通和谅解，比用吵架来决定对错更有效。

-3-

细心观察，你会发现地铁里有很多有趣的细节，你可以从这些细节上，发现一些人的特点。

在拥挤的车厢里还能将座位让给身边的朋友的人，在生活中会懂得为他人考虑；清晨利用坐地铁的时间，将一天的事情安排好的人，更懂得利用生活中的零散时间；每天坚持利用坐地铁的时间来看书或者学习的人，会更明白时间的珍贵。

当然，也有一些反面例子：

一整个人靠在中间的栏杆上，只顾着自己舒服，周围人手都没地方抓，这个人生活中可能也不太会为他人着想；

明明座位在你前面，他非从其他地方横冲直撞过来，还谦让地说：你坐你坐，这个人生活中可能更懂得掩饰自己；

看着你的包被人拉开了，走上前去跟你说：哎，你不是那谁吗？我们好久没见过了，然后把你推推搡搡往前走，这个人可能是机智和勇敢的结合体。

刷朋友圈的时候看到一篇文章，从吃饭看一个人的教养。

其中有一点是这样讲的：吃饭的时候，凡是要第一个夹菜，夹最大块排骨的人，八成生活里也是自私的；那些在你吃东西时一定要借着光尝一尝的人，大概生活中也常常占别人的小便宜；而那些肯为你先盛一碗汤，把鱼肚子最厚实的那块肉夹给你，不铺张不浪费、不过分挑剔食物的人，他们不一定是你最亲近的人，但一定是正直的、善良的、值得信赖的人。

很多时候我们谈教养、谈素质，其实这些事情都会在平常生活中的每一个细节里所体现出来。换句话说：其实我们生活中的每一个细节，都在不知不觉地出卖我们。

你有教养的样子，恶心到我了

-1-

人们常用“谦谦君子，温润如玉”，形容那些雍容自若、豁达潇洒的男子。不张扬、不大喜大悲、遇事沉着镇定、宠辱不惊，一副岁月静好、与世无争的样子。

但是当这些词语被用在一些“金玉其外，败絮其中”的人身上时，你会觉得，那感觉比让你吃了苍蝇还恶心，三观碎了一地。

你永远不知道，那些满口仁义道德，嘴里说着教养礼貌的人，卸下了自己的伪装之后是怎样一副嘴脸。

大部分女生不喜欢徐志摩，顺带在找对象的时候，把所有的诗人有默契地排除掉。抛却他与林徽因、陆小曼之间纠缠的种种，还有一个重要的原因是张幼仪。

一个人是有多残酷，才能才华横溢、个性沉稳，对待外人谦恭有礼、体贴周到，甚至对自己的仆人都关怀有加，却唯独对自己的结发妻子视而不见、厌恶至极，让她承受不该有的冷暴力？

太阳底下无新事。

同样的人物、同样的事情，即使历史的车轮不论怎样反转，却依旧以另外的方式在尘世间上演着。

-2-

好友M前一段时间跟她男朋友分手了，我很惋惜。毕竟是相处了三年的人，都快谈婚论嫁了，现在分手，确实挺可惜的。

M的男朋友是一个很温柔体贴的人，能记住M大姨妈的周期，并体贴地递上一杯红糖水；接服务员的碗筷永远是双手，并加上一句：谢谢；旁边有人大吵大闹时，他只是皱皱眉头然后做自己的事情，从来不会抱怨指责。

一个看起来完美的三好男友，M却下定决心跟他分手。

M说，她国庆去他家见他父母的时候，让她有点诧异。

M的男朋友虽然不是特别有钱，但是也算得上小康了，衣食无忧。但是M发现，在家里的男朋友，跟在外面几乎是两个人。在外面对所有人客气有礼，但是回到家之后，看到自己的爸妈就像看到仇人一样。

一不顺心就对爸妈大吼大叫，妈妈做的饭菜不可口就摔筷子不吃了，爸爸看不惯说了他两句，立马用犀利的言辞回了过去。

爸妈忙家务的时候永远不会搭把手，跷着二郎腿躺在沙发上，好像他们这样是应该的。

看到他依然对自己体贴周到的样子，M的心里却后怕起来。怕结婚后，有一天，他也会以这样粗暴的方式对待自己。

他不是不会控制自己的情绪，也不是不懂得怎样做最礼貌、怎样做大家最开心，但他还是将最糟糕的一面留给了自己的家人。

人们常说，我们犯的最大的错误就是，将最糟糕的一面留给了我们的亲人。虽然讽刺，但确是现实。

真正的教养，不仅是在外面彬彬有礼，而是回到家之后，依然能给父母最大的耐心和最贴心的呵护。

-3-

很久以前跟一个姐姐，还有她朋友一起吃饭。她朋友是一个长得有几分好看的男生，在我看来也是非常认真、率真、有才的一个人，可是听他讲自己的经历，我惊讶得下巴都要掉地上了。

就是这样的一个人，谈起自己的前任，各种挖苦讽刺、诋毁诅咒，恰好我这个姐姐也知道，两个人其实都没什么大的过失，可能就是因为性格不合、兴趣不太一样，最后没办法分手了。

而对方也根本没有他口中说的那么不堪，他不断添油加醋地诋毁，好像当时是自己瞎了眼，才遇到这样一个极品前任。

我最喜欢的一句话是：一别两宽，各生欢喜。

即便我们分手了，但毕竟曾经有过一段美好时光，各自珍藏，然后过自己的潇洒生活。

可是有的人偏不，非要选择“杀敌一千，自损八百”的方法。在分手后大肆说对方的坏话，诋毁对方，好向旁人证明甩了对方，自己有多幸运、多明智。

真正的教养，不是在一起时，你对对方有多好、多体贴照顾，而是在分手之后，我们仍能选择善良地不揭露隐私、不诋毁对方，用好的结尾去开始自己全新的生活。

－4－

有一段时间，“教养”一词被炒得很热。好像说一个人有教养，就集齐了所有的优点，而被说没教养，可能全身上下所有点，连带自己的父母、老师都被否决了。

究竟什么是教养？

待人接物周到齐全，能处处为他人着想是教养；

做好自己的本职工作，有责任心，不随意给别人留烂摊子也是教养；

知道别人的隐私伤疤不揭露，说话留三分余地，这也是教养。

但是，这些教养有可能都是表面的，一个人完全有可能将这些技巧性的东西都学会之后，依然心存鄙视地看待他人。

真正的教养，不仅仅是谦恭有礼、体贴他人。更是无论对待什么人，不论发生什么事，都有自己所坚持的原则和道理。即使是不同的人、不同的环境，依然能同等对待、以同等态度生活。

不在成功时恃才傲物，也不在失意时否定自己；

对待同事、领导彬彬有礼，对至亲也能留一份耐心；

而最大的教养，是能在复杂的环境中不迷失自己、不趋炎附势，能遵从自己的内心去为人处世，有着自己的人生目标，并且坚定不移地靠近。

糟糕时的冷静，
往往胜过圆满时的优雅

-1-

晚上八点多的时候，跟舞宝宝去南京路那边吃饭，然后去外滩看了看夜景，赶最后一班地铁回了酒店。

上海的地铁里人永远是那么多，即使是星期五晚上的十一点，也不见少。舞宝宝笑着说：星期五了，大家都想出来散散心，赶末班车回去。

中间换乘地铁的时候，人格外地多。我一边跟着前面的朋友，一边往后面瞅舞宝宝有没有跟上来，她在后面轻轻戳了戳我，示意就在旁边，我们被后面的一群人挤着上了电梯。

可能是太挤又太累，也可能是三个人在一起，彼此都疏忽了防范。

直到后面的女生轻轻拍了一下舞宝宝：你的包开了。我们才心里一

惊，感觉大事不妙。舞宝宝一边念叨“可能被偷了”，一边翻了翻包的最里层，希望还能看到自己买了没多久的钱包。

然而什么都没有。

我当时就想爆粗口，虽然不至于将小偷的祖宗“问候”出来，但是依我的暴脾气，也会将他骂个半死。

钱包里有身份证、三张银行卡、两百多元的现金，还有很多会员卡。银行卡和现金都好说，身份证丢了得多麻烦，尤其是异地，补办都不方便。我是真想撕了那个挨千刀的小偷。

舞宝宝一边往前走赶下一趟地铁，一边对自己说：不能慌，不能慌，不能着急。

没有咒骂小偷，也没有惊慌失措，强作镇定地跟我们说：我想想钱包里还有什么重要的东西，这会儿应该做什么。

我们才反应过来：挂失银行卡呀。然后在吵闹的地铁车厢里，舞宝宝挨个儿向三家银行打了电话，请求立马挂失冻结银行卡，虽然记不住银行卡号，但是报了自己的身份证号和名字，以及卡里的余额。

这样，银行卡就放心了。她又开始查身份证：安徽的，上海目前不能补办身份证，只能十一调休请假回去了，会员卡之类的不太重要，没关系。嗯，损失也不大，就是有点麻烦。

处理完该处理的之后，舞宝宝抬起头来跟我们说：补办好麻烦呀。

没有抱怨、没有消极，只是在坏事情发生时，先想怎样及时止损，之后才稍微表露一下自己的沮丧之情，毕竟，五分钟之前一切都还是好好的。

在事情发生的第一时间，不是去抱怨没有做好、之前太疏忽了，也没有放任自己失落的情绪，而是先冷静、克制，先想解决办法，这是令我佩服的。

-2-

想起我去年刚毕业的时候，一个人去了绍兴，本来方向感就不太好的我，再带上一大堆大大小小的行李，还有新分配的宿舍一片狼藉，让我很是抓狂。

然后打起精神，拖着疲惫不堪的身躯去收拾房间。刚刚把两袋垃圾拎到了房门口，就听到“砰”的一声，回头一看，房门被风吹关了。换句话说，我把自己锁在了外面。

那是我去公司的第一天，同事们都还在上班，我收拾寝室。备用钥匙还没来得及放在办公室，手机在房间里，我一个人穿着睡衣，尴尬地站在紧闭的房门口。

我在门口愣了很久，不知道要做些什么，也不知道应该做些什么，一切就跟一场梦一样，前两秒都还正常着，忽然间一切都变了。

我自己摸索着，好不容易找到了物业中心，却告诉我：你们公司的备用钥匙我们没有，没办法，实在不行只能叫开锁公司了。

我站在那里不知所措，物业大叔却一副事不关己的样子，静静地看着我。情绪就在那一瞬间像决了堤一样全面崩溃，我就在几个保安面前大哭起来。

物业大叔还说：小姑娘，不懂事，你哭我们也没办法呀。

最后旁边的一位保安小哥看不下去了，问了我公司名字，把我带到了我们公司的行政部，去那里拿了公司的备用钥匙。

其实后来回想，那个时候的事情完全可以更体面地解决。稍微调节一下自己的情绪，然后再找保安或者公司去拿备用钥匙，实在不行等同事回来撬门也可以。

可是，那一瞬间，情绪就是全面崩溃，只想到很难过，只想到要是刚刚注意一下就好了，只想着自己真笨，却单单没想，这个时候解决问题才是最重要的。

人生在世，难免会遇到一些很狗血，或者让你分分钟情绪失控的事情，这个时候才是检验你应变能力与处事能力的真正时刻，是想着抱怨难过，一味发泄情绪，还是尽量降低损失，解决事情。

越是糟糕的时候，越是能检验你的处事能力。

真正难的是，在你处境最糟糕的时候，

不放弃对生活的希望，仍然相信自己的付出是值得的。

-3-

最近在挤地铁的时候，经常遇到一言不合就开撕的事情。早上离我五六米的车厢那边，由拥挤引发了一起吵架的事件。

我明明都给你让路了，你不过去怪谁呀。

大家都挤，我能怎么办呀，又不是我故意的，你要怪怪大家。

你那么大声干什么，就你厉害是吧。

你骂谁呢，嚷嚷啥呢，谁先骂人的，你说。

本来就已经挤得动弹不得的车厢，让人更加烦躁了。

在很多人的眼里，说话非要争个对错，做事非要争个高低，吵架非要有个输赢，有了不爽就要发泄出来，我不痛快，你也别想过得舒服。

杀敌一万，自损八千。

很多时候，坏事情已经发生了，情况已经很糟糕了，这个时候，如果只按照自己的情绪、自己的心情去处理事情，只会把事情往更糟糕的方向上推动。

倒不如，忍一时之快，让对方一步，也放自己一马，大家都开开心心地去上班。

说出来不厉害，能忍回去才是本事。

—4—

我们经常会说一些人家教好、性格好，或者是夸一些人情商高、会来事。但是在一些好的场合、高兴的时刻，能注意自己的仪态、控制住自己的情绪、表现出最完美的自己，大部分人是可以做到的。

真正难的是，在你处境最糟糕的时候，不放弃对生活的希望，仍然相信自己的付出是值得的；

在你跟别人口角相争的时候，能控制住自己的情绪，将反驳的那一句话咽回去，结束这一场没有意义的争论；

在发生了不好的事情之后，不是求安慰、不是抱怨难过，而是先克制自己的负面情绪，想着怎样及时止损。

这才是真正让人敬佩的。

顺境中的能量固然让人精神满满，但是逆境中的不放弃才是我们更值得学习的。

我们听说了无数个人在经历了种种失败之后，最终获得命运的垂怜，没有辜负自己多年的辛苦，皆大欢喜的案例。但更多的是，一直在前进的路上，虽然看不到光，但是从未想过放弃，这样的精神，才更值得人敬佩。

我们不仅要在欢喜时表现出自己最好的一面，也要在低谷时学会控制自己，展现出该有的理智和不放弃。

你有什么资格过贵的人生？

接到电话，还没来得及说话，就听到里面大姨的抽泣声，说女儿不孝，怎么这么不懂事。我急忙安慰了几句，耐心询问事情的缘由。

原来是刚上大一的表妹把父母给她的一学期生活费，全部用来买了鞋子包包、请客吃饭，甚至连给她预先准备的下学期学费，也想着让父母拿出来，自己出国旅行。

父母不肯，教育了一番，表妹不服气，就顶了回去：你们就是不爱我，你们要是爱我，就不会舍不得给我花钱。我要过贵的生活，我要对自己好，不能让自己这么委屈。

其实大姨他们对表妹挺好的，衣食无忧。该给买的从来没缺过、该报的班也从没心疼过钱，有什么事情也会第一时间跟表妹沟通，而不是无端施压。其实他们也是一般的工薪阶层，但是仍然想努力赚钱给孩子好的生活条件。可是表妹仍旧不知足，嚷嚷着要过贵的生活，父母对她不好。

可能是公众号的文章看多了，小仙女们现在都嚷嚷着要过贵的人生。**因为只有过贵的人生，才是对自己好。而一个人，你自己都不对自己好，又指望谁能对你好呢？**

身为小仙女，我们要过贵的人生，我们要对自己好，我们要好好爱自己。

这话听着，没毛病。可是，你有什么资格过贵的人生？

-1-

月薪三千元的翠花，吃了两个月的泡面，透支了自己的信用卡，还有蚂蚁花呗、借呗等，去商场里洋洋洒洒地买买买，既要买漂亮裙子，又要买时尚包包，还有各种化妆品。

因为身为女人，我们要对自己好呀，不然怎么对得起我们的青春呢？

隔壁家的小丽，已经不管自己的房租，还有上个月刚刷了一万多元的信用卡，随手拎起一个小行李箱，说要来一场说走就走的旅行。公司不同意我请假，老娘就辞职，大不了不干了。我就要过恣意潇洒、来去如风的生活。

女人，绝对不能让自己委屈。只有自己过得舒服、活得漂亮，才会更值钱！

还有刚和男朋友分手的蓝蓝，因为情人节男朋友给她送的礼物太过于廉价，非要吵着分手。她觉得，那礼物配不上自己。礼物太廉价，说明他对她不珍惜、不在乎。两人薪资都不高，那不管，那是因为男生不努力。

女生就应该把自己打扮得漂漂亮亮，自有人养家糊口。不是有那么一句话：你负责貌美如花，我负责养家糊口吗？

听起来，似乎也没毛病。

-2-

可是，这逻辑总隐隐透露着一些不对劲。

其实，当别人说“我们要过贵的人生”的时候，原意是：让我们在现有的条件下，多分出一些精力和经济，去爱惜自己、珍惜自己。因为过去的我们，可能一心想着赚钱、想着养家，忽略了对自己的爱和投资。

而很多时候，是因为我们一心想着自己的事业、家人和朋友，为他们着想，却看轻或者贬低了自己，我们要重新拾起对生活的热爱和享受，以及对自己的爱惜和投资。

在生活的奋斗中，认真努力的同时，也要好好爱自己、过更好的生活。

但是，这些话被演绎之后就成了下面这个样子：

我们应该不顾一切地去买买买、刷刷刷，要透支自己的信用卡买包包，要预支下个月的工资去旅行；我们要不顾自己的薪资水平和能力，去买贵的东西，去不顾一切得到自己想要的。

我们要向世界宣布：我们是贵的人，请给我们一路绿灯。

怎么，你还以为你有理？

其实，很多人只不过是打着贵的人生的名义，去满足自己的虚荣心，然后透支自己的未来、挥霍自己的人生。对自己好，只不过是一个冲动消费的借口。

因为想买，而不敢买；因为想放纵，但是又没有资格。所以打着贵的人生，去放弃理智，本着自己的消费欲望和虚荣心，肆意乱买一气。

你以为你是在过贵的人生，其实只不过是换了一种方式贬低自己。

-3-

真正贵的人生，首先是内在的贵，而不是单凭外在。

很多人误以为只凭价格不菲的衣服、包包，就可以向外界宣示自己贵的身份，可那就如同绣花枕头一样。真正贵的人生，不只有外在，还有自己内在的修养和气质。而这些，都不是仅凭简单的衣服、包包，就可以替代的。

多读书、多出去走走，可能比买一件不符合你消费水平的衣服更有意义。

真正贵的人生，是能对自己负责的人生。

想过贵的人生，想买价值不菲的东西，你得先让自己拥有这个能力，而不是为了满足自己的一时之快，最后却无法对自己的行为埋单。

对自己负责的人生，必然是懂得自己的未来规划和当下的人生状态，更是理智与情感交汇的人生。而不是为了虚荣和消费欲望，打乱全盘规划的人生。

更不是刷着银行卡里父母给的钱，嘴里却嚷着要对自己好的人生。有一句话是：父母尚在苟且，你却在诗和远方。用在当下是：父母尚在苟且，你却喊着要贵的人生。

真正贵的人生，不会让别人为自己埋单，更不是放任自己、消耗父母来达到目的。

真正贵的人生，是有主见的人生。

因为明确自己想要的是什么，对自己的未来有着良好的规划，对自己有着明确的投资，对得起自己，也真正爱惜自己，所以有资格过贵的人生。

而很多人，连最简单的自律和努力都做不到，仅凭银行卡捉襟见肘的金额，就要嚷嚷着过贵的人生。你当下过贵的人生，那你的以后、你的未来呢？

-4-

单纯只想要用衣服、包包来证明自己贵的人生的人，其实很大程度上是在其他地方找不到亮点的人。

但凡有着浓厚的兴趣，或者对一些事物有着热爱之心，心里想的是如何将更多的时间花在自己热爱的事物之上，或者是提升自己的专业水平，业余再好好休息吃喝玩乐。而不是单纯将自我证明放在贵的衣服、包包上，以为有了贵的衣服、包包，就拥有贵的人生。

因为没有其他东西来证明自己的价值，来增加自信心，来表明自己有意义的人生，所以只能打着贵的名义，来用衣服、包包衡量自己。

对不起，你那不是贵的人生，你那是过度消费。

比起贵的人生，你需要的是坚持自己的兴趣和规划自己的人生。

好好去明确自己的人生目标，找到自己的兴趣和专业所长，认真自律地去为自己的未来，一点点努力规划，在独立和有能力的基础上，认真爱自己、犒劳自己。

而不是在一无所有的情况下，消耗自己的未来和挥霍自己的人生。

比起贵的生活，
你应该过可以支付得起的生活

-1-

一个关系不错的朋友在朋友圈转发了这样一篇文章：不花钱的女生没有前途。大意是说，女生要学会花钱，不能把钱都省着。我笑着说道：怎么现在还有人转这种文章，这种毒鸡汤还有人信啊。

正在敷面膜的扣扣说道：快快快，转给我，我要看。我一脸无奈：你是刚刷了5000块钱，这会儿寻求心理安慰的吧。

扣扣笑道：那可不，我有资本。

我心里默念：对于一个平常拼命工作，月薪好几万的人来说，周末心情好去刷个五六千块钱，确实有资本。这样的人说：不花钱的女生没有前途，我就是要过贵的人生，也确实无法反驳。

但可惜的是：很多人不顾自己的支付水平，把贵的生活信奉为自己的座

右铭，并不是为了过好的生活，只是为了满足自己的虚荣心和购物欲。

比起贵的生活，你更应该过自己支付得起的生活。

-2-

记得刚上大一时，苹果新出了iPhone 5，我大学的一个室友橙子，看着别人的新手机，十分心动，也想要一部。但是橙子的家境一般，爸爸是开出租车的，妈妈在县城的一个商场当售货员，家里还有一个读高中的弟弟，平常维持生计尚可，但是要一下子拿出五六千块钱来满足橙子的虚荣心，买一部最新的iPhone 5，着实有点不现实。

正好那个时候，学校里新出了分期付款购买手机的活动，只要拿着身份证和学生证，就可以分期购买一部手机，只是手续费略高而已。橙子还是想要一部最新的iPhone 5，于是就分期买了一部。

但是虚荣心还没来得及满足，橙子就陷入了还债的窘境。省吃俭用来还债，因为分期利息比较高，所以在还剩大约两千块钱的时候，橙子决定全部还掉。

那个时候的她，没有了生活费，朋友给她介绍兼职家教，她嫌远又麻烦，所以借口推辞掉了。因为没钱吃饭，为了节省生活费，就借口减肥，很少吃东西，一下课就回寝室躺着休息。避免没吃饭带来的饥饿感。

我们实在看不下去，长此以往，身体肯定要出问题，于是主动借钱给她，让她先好好吃饭。

然而，橙子并没有珍惜这些钱，可能觉得自己身体不重要吧，或是觉得有比自己健康更重要的东西。她拿着我们借给她的生活费，去买衣服包包、社交，找别人代购化妆品。剩余的时间依然在床上躺着，很少吃东西。后来因为饮食问题，身体出了一点问题，被送去了医院急救。

我从来都不觉得过贵的人生有什么错，也不认为追求自己想要的生活有什么问题。喜欢衣服包包、爱社交、爱出去玩，这些都没有错，哪怕有一些小小的虚荣心，都是可以理解的。但是，贵的生活的前提是：你自己有能力去支付贵的生活。

想要好的生活固然没有错，但是好的生活需要你自己去努力、去付出、去争取。而不是依靠别人的帮助和同情，去过自己想要的生活。

身为一个成年人，应该懂得为自己的生活埋单，而不是一再让自己陷入入不敷出的窘境。

-3-

这是从父辈口中听来的故事。

二十几年前，我刚出生的时候，我的一个远方表姑和表姑父离婚了，孩子判给了表姑父。

再早之前呢，表姑在自己的老家谈了一个男朋友，然而她男朋友有点花心，虽然做了点小生意，有点小钱，可以给表姑光鲜亮丽的生活。但外面女朋友不断，不知道同时和几个女生搞暧昧，表姑实在接受不了这样的生活，于是很坚决地离开了他，离开了那座城市。

来到其他城市的表姑，就认识了表姑父。表姑父就是别人口中的老实人，木讷、踏实，虽然不会说什么甜言蜜语，但是一心为家着想；虽然薪资不高，但是会把每个月的工资全部上交给表姑。

可是过惯了光鲜亮丽生活的表姑，实在接受不了现实生活所带给她的落差。自己没有收入，表姑父的收入又不足以支撑她的需求，所以两人矛盾不断。后来，表姑的前任回来找她，跟她低头认错，又承诺给她好的生活，表姑就跟表姑父离了婚，回到了老家。

表姑总想通过别人来满足自己锦衣玉食的生活，总想让他人为自己过上好的生活埋单。

后来的情况也在意料之中：花花公子继续劈腿，依然满足不了表姑既想要忠贞又想要光鲜亮丽生活的需求。表姑再一次离开了，从此漂泊在外。

隐约记得小时候，妈妈带我去看望表姑，那个时候她生病了，一个人躺在装修简陋的出租屋里，身边连一个陪伴的人都没有。守着满衣柜的衣服和奢侈品，对着我妈哭。

她一直想过锦衣玉食的生活，但是却错把改变生活的希望寄托在了别人身上，一直想通过别人来满足自己的需求和虚荣心。

关于爱情，我最喜欢舒婷的《致橡树》：

我如果爱你——
绝不像攀援的凌霄花，
借你的高枝炫耀自己；
我如果爱你——
绝不学痴情的鸟儿，

虽然说的是爱情，

但是生活又何尝不是呢？

为绿荫重复单调的歌曲；
也不止像泉源，
常年送来清凉的慰藉；
也不止像险峰，
增加你的高度，衬托你的威仪。
甚至日光，
甚至春雨。

不，这些都还不够！
我必须是你近旁的一株木棉，
作为树的形象和你站在一起。
根，紧握在地下；
叶，相触在云里。
每一阵风过，
我们都互相致意。
……

虽然说的是爱情，但是生活又何尝不是呢？

只有当你跟别人实力相当、能力匹配的时候，别人才能更好地帮你。只有当你是一个有着独立思想的成年人时，你才敢为自己的生活埋单。

自己想要的东西，不论是贵的生活，还是自由的人生，从来都是要依靠自己的能力去争取的。他人，永远无法为你的生活埋单。

而真正贵的人生，是贵在生活质量和思想层次。无关金钱、无关财富，而是对待自己、对待人生的态度。

越认为自己不值得，越活得凄惨

-1-

顾呆萌曾经在文章中写过这样一件事：

他给好友菜菜发了一张椅子的照片，说道：看，我就是用那张椅子，写出了20多万字。

那是一张老式的普通木头椅子，硬硬的靠椅，坐上去冷冰冰的，完全没有舒适感可言。顾呆萌一回到家就坐在那里构思、写东西，一坐就是四五个小时，甚至一整天。

你看，就是用这一张简单、便宜的椅子，写出了20多万字。即使有时候会全身酸痛，也没有停止过奋斗。

顾呆萌期待着菜菜的褒奖和鼓励，想着对方会赞许自己吃苦耐劳、艰苦朴素、努力奋斗。

然而，并没有。

菜菜说道：**几百块钱就可以买一张舒舒服服并且特别实用的椅子，对于一个整天要在这张椅子上坐四五个小时写作的人，无论是从健康还是经济角度考虑，都是很划算的，可是你却一直不愿意花钱**。

你并不是穷，你也不是抠，只是从内心深处认为：自己不值得。

你认为自己的价值，配不上用几百块钱的椅子，不配舒舒服服地坐在那里写东西；你认为自己，还不够资格享受更美好的东西。

因为不值得，所以舍不得。

-2-

其实并不是顾呆萌，包括我们，甚至我们的父辈，潜意识里都有这种意识：总是觉得自己不值得拥有更好的生活。

小时候经常去我二姨家做客，经常看她在默默吃上一餐剩下的饭菜，一边吃着还一边说：不能浪费。

这样的事情并不是偶然。在我的记忆深处，二姨几乎每天都在吃剩菜剩饭，活得就像一个被子女虐待的长辈一样。

终于有一次，我怀着好奇心问表哥：二姨为什么总是吃剩菜剩饭呀，你们家那么有钱，都舍不得让二姨好好吃饭吗？

表哥长叹了一口气，摇摇头走了。

后来我才知道，表哥家其实很有钱，表哥和表嫂对二姨也很孝顺，吃穿从来不缺她的，逢年过节礼物该有都有，也从不惹她生气。但是唯独吃饭这件事，他们却拿她没办法。

一大家人吃饭，总免不了剩一点。表哥他们想着，剩一点就算了，倒掉就好了，觉得可惜喂狗也是可以的。但是二姨不这么想，每一次都拦着：剩饭剩菜，倒掉多可惜，热热还能吃。

于是，每一顿饭都是，一大家人在吃刚做好的饭菜，唯独二姨一个人去热上一顿的剩饭剩菜。一边热还一边说：你们吃刚做的就好，上一顿的还好着，倒掉了可惜。

每一天都重复发生的故事，久而久之，大家也都习惯了。

不是缺好的东西，也不是自己没钱买，只是因为觉得自己不值得。

觉得剩饭剩菜倒掉可惜，自己不值得吃刚做好的饭菜，吃剩下的就可以了。看起来虽然很可怜，但是细想：这一切，除非自己的思想观念转变过来，又有谁能拯救你呢?

自己都认为自己不值得更好的东西，别人又怎么能尊重你呢?

—3—

回家过年的时候，发现了不少这样的事情。可能是父辈们太爱孩子，觉得孩子才是最宝贵的，好的东西都应该留给孩子，自己凑合凑合就好。出发点虽是好的，但是这样的爱，却总让孩子们感到有些沉重。

隔壁家的婶婶，一家人吃饭时，她从来不一起吃饭，而是为大家端茶倒水，生怕有什么不周。等到大家吃完了，自己才默默地拿个碗，去厨房吃掉自己预先留好的菜。

大家都劝她一起吃，但她总说：你们吃吧，你们吃吧，没关系，我等下自己吃就好啦。

不论是去超市里买肥皂，还是去菜场买菜，都要货比三家，买最便宜的。冬天不装空调，夏天不用洗衣机，本着最节约、最省钱的方式，想尽一切办法省钱。

他们家很穷吗？

并不，儿子大学刚毕业就进入一家全球500强公司上班，工资不菲；女儿也在市里一所高中教书，生活不算优渥，但也吃穿不愁。

但是婶婶总觉得：自己这么大年纪了，花什么钱啊。用点便宜的，凑合过日子就成了。

好的东西都应该留给儿子女儿，将来要用省下来的钱给他们买车、买房、结婚。

如果孩子知道这些想法，他们的内心是怎样的？父母的爱虽然深沉，但是却沉重得让子女喘不过气来。

没人要求你省钱，也没人让你攒钱给孩子买车买房，儿女希望父母先过好自己的生活，将自己的日子过好，身体健康，幸福快乐，而不是一味为了他们却死抠自己。

这样，虽是父母对自己的爱，但是内心最深处却是：认为自己不值得拥有更好的东西。

自己不配、不值得，只有儿女才值得，应该把所有的好东西留给孩子们。

-4-

不止他们，我们很多人都在以不同的方式向外界召示着：我不值得。

一部手机用三四年也不换，觉得自己的时间价值和人力价值抵不上一部手机的钱；

明明十块钱就可以打车到，却非要磨破脚走很长的路，觉得自己的身体价值和时间价值不够十块钱；

等等。

明明用一点钱就可以提高我们的办事效率、节省我们的时间，甚至提高我们的生活质量，但是我们却不愿意。一直省省省，还要对外标榜自己有多勤俭节约、努力刻苦。

没有人要你勤俭节约，也没有人要你一直克扣自己。虽然年轻应该去努力奋斗、去赚钱、去提升自己，但是这并不意味着你要在一些无关紧要的小钱上抠抠抠，而是要学会开源节流。

更重要的是：改变自己的思维方式。

有多少人内心深处认为自己不值得？时间久了，我们都会觉得自己就是不值得过更好的生活，不值得为自己投资，这样凑合着过就可以了。

改变自己的思维方式，发自内心地认为自己值得，才是真的对自己好。

当然，一切的前提是你要热爱生活，有自己前进的目标。而不是一边好吃懒做，一边还对自己说：要对自己好，自己值得躺在那里休息。

比起死读书，你更需要的是独立思考

-1-

上学的时候最羡慕这样的学生：平常看起来吊儿郎当，上课不认真听讲，也不熬夜做习题册，到处游山玩水，吃喝玩乐。但是每次考试，总是名列前茅。

这样的学生几乎让人怀疑人生，不是说一分耕耘一分收获吗？为什么看起来毫不费力气的人，却总是能取得最好的成绩？

跟小九探讨这个问题时，小九说：以前他也不明白，有时候甚至都怀疑他们是不是在人前吃喝玩乐，背后却暗自下狠功夫。直到有一天，忽然从一个学霸身上明白了这个道理。

此学霸就是传说中吊儿郎当，看起来“不学无术”，但是成绩却特别优秀的那种。他们一起去食堂排队打饭时，学霸忽然扭头问小九：你觉得老师刚刚讲的那道例题，有没有更好的解答方法？

那一刻，小九明白了其中的奥秘：每个人都在勤奋，但是每个人勤奋的方式不同。有的人需要从老师的讲课、大量的练习中提高自己的成绩，但是有的人，则需要通过深度的思考和独立的思想来提升自己的水平。

学霸平常看起来吊儿郎当、贪玩、做题少，但是对于每道题背后的原理，以及其他类似或者不同的情况应该如何处理，早已在脑海里思考研究了很多遍。

通过模仿、套路固然能提升自己的成绩，但是独立的思想和深度的思考却是更重要的途径。

-2-

有这样一个故事：

一个很有名的广告策划者，他其实不是新闻广告专业出身的，也没有学过类似的专业课程，没有接受过专业的培训，但是他做出的广告文案总能让人耳目一新，达到意想不到的效果。

他虽然没有接受过专业的训练，但是他却十分注重观察和独立思考。

每次出门的时候，看到满大街或者是商场里的广告牌，他都会静下心来思考：这个广告为什么要放在这里、为什么要用这种颜色和布局、它哪个点更吸引人、改变某一个部分效果会不会更好。

在这样长时间的锻炼和思考下，即使没有受过专业的训练，他依然能够很准确地看出一个广告的亮点，懂得如何策划更吸引人的广告。

同样是获取知识，别人靠的是专业培训，他靠的是认真观察与独立思考。

读书亦是如此。**在书中获取知识是一种途径，观察与独立思考也是一种途径，而且是更高级、更本质的途径**。

-3-

人们常说：你现在的气质里，藏着你走过的路、遇到的人和读过的书。

书读百遍，其义自见。

确实，读书不仅可以丰富人的精神世界，还可以开阔视野，从而发现同一种问题的不同思考角度，甚至是发现一个完全不同的世界。

但是呢，我们有时候，却不自觉高估了读书的力量，甚至在我们的潜意识里认为：读书是万能的解药，不论是生活中出现了什么问题，都可以靠读书来解决。只有读书的人生才有意义，不读书的人生，就是荒废的。

有些人更甚，觉得自己多看了几本书，精神层次就比他人高了很多，甚至是每年给自己定读多少本书的任务量，眼里只有读书的数量，而完全忘记了读书的本意。

我们最开始读书，是为了了解最常识的东西；后来读书，可能是为了中考高考；毕业以后读书，是为了提升自己的文化底蕴，抑或是提升自己的技能水平。

简言之，我们读书是为了获取不同用途的知识。

但是，有一个是大家很容易忽略的：**大部分人是靠读书来获取知识、提升自己的**。**但是有一小部分人，是通过观察、深度思考与独立的思想来获取知识的**。

虽然很少读书，但是他们会认真观察生活中出现的事物，研究其中的规律，思考背后的逻辑和套路，进而学会知识、了解自己。相对于读书，这是一种更高级的提升自己的方式。

—4—

有这样一句话：一天不读书无人看得出；两天不读书开始会爆粗；三天不读书智商输给猪。大家经常用这句话嘲笑别人或者自嘲。

最开始我也是这么以为的，有一段时间不仅酷爱读书，而且还依赖上了读书，只要几天不读书，我就会觉得内心恐慌、焦虑，觉得自己会落后、退步、跟这个社会脱节。

然而，现在不会了。因为明白：**读书是获取知识的一种方式，同时认真观察和独立思考也是获取知识的一种方式**。所以，在没空读书的时候，就会利用歇息的时间，放松自己的大脑，观察周围的事物，思考其中的规律和逻辑。

我一直在跟朋友强调多读书，因为读书让人产生的变化确实是不可估量的。但是，多读书并不意味着要依赖于读书，不要指望读书可以拯救你的生活。

不读书的时候，就用自己的眼睛和大脑去获取知识，独立思考、提升自己。

读书的时候，也要有深度、有思考地读书，而不是机械式地将所有东西全部吸收进自己的大脑里，不会使用、白白浪费了自己的时间和精力。甚至有些人，一心沉溺在读书的虚拟世界里，已经完全放弃了真实的世界。

古人说：尽信书，则不如无书。相对于死读书，还是做一个会独立思考的人，懂得从不同的渠道获取知识更为重要。

麻将桌上，
见人生

-1-

众所周知，麻将被称为我国的“国粹”，听起来倒是有那么几分道理。

春节回家，或多或少都能听到一些呼啦呼啦的搓麻将声。大到六七十岁的爷爷奶奶，戴着一副老花镜，在麻将桌上开心地摸出一张，大声说着：炸；小到十来岁的孩子，几个人背着家长，偷偷在房间里自娱自乐。

麻将有其弊端，对小孩子而言，影响学习、浪费时间，容易因小失大；对大人而言，耽误正事、容易上瘾。但是作为中国的“国粹”，这么多年流传下来的一种传统文化，固然有它存在的意义。

逢年过节、茶余饭后来一桌，我们不聊有没有对象、工资多少，也不问你家熊孩子今年考了多少分、在班里排第几。我们就乐乐呵呵搓几桌麻将、唠唠家常，既可以加深感情，也不那么招人烦。

而古往今来，又有多少生意是在饭桌、麻将桌上谈成的呢？一胡一炸，几句话之间，一桩生意就谈成了，也不失为一种智慧。

人们常说：一个人的容貌出卖了他自己。其实，生活中，我们的一举一动都在暴露着我们的品行，无论是在餐桌上、地铁上，还是在麻将桌上。

麻将桌上见人品。

-2-

回家的时候跟隔壁一个比我大不了几岁的小叔叔打麻将，四个人很快凑了一桌。其实最初只是因为待在家里无聊，想打发时间，顺带可以唠唠家常。

但是几轮下来，你就会发现一个问题：这位小叔叔的得失心特别重。

如果赢了，就会特别开心，喜笑颜开、合不拢嘴，丝毫不顾及别人的感受。可如果运气不好输掉的话，就会抱怨半天，自己哪张牌没打好，如果不那么出可能就赢了。

完了之后还在算计，今天总共输了多少钱，怎么怎么的。

本来只是几个人茶余饭后唠唠家常叙叙旧而已，这样一来，却成了赌博的竞技场，原本的乐趣与感情全无，最后不欢而散。

而在打麻将的过程之中，也暴露了自己的思维方式：一直纠结于自己过去的失误。

如果一个人一直纠结于过去的失误，而不是看清楚目前的现状、分析利弊，那么，手里这一副好牌，依然有可能被打烂。

最重要的是，活在当下，学会享受生活的乐趣。而不是在任何时刻都想着输赢利弊。毕竟人生还有感情，不是纯粹的利益关系。

切勿因小失大。

-3-

这样的故事，让我想起了小时候一次打牌的经历。那个时候还小，不会打麻将，只会玩普通的扑克，也只是春节时大家笑笑闹闹而已。

那时，跟村里一个叔叔家的孩子三个人一起玩的。叔叔家的孩子虽然比我们大四五岁，但是也不怎么会玩，所以我们三个水平相当，很快就玩到一起了。

玩的过程大家其乐融融，很开心。

但是结束之后呢？那天可能是因为我运气比较好，也可能是因为其他原因，所以小小地赢了一点钱。虽然只有十来块钱，但是在十几年前，自己才上小学三年级，感觉还是一笔“巨款”呢。

但在算账时，叔叔家的那个孩子以及那个婶婶，见我们两个年龄比较小，就打算糊弄我们：你们两个合着欺负我们家孩子，所以他才输了那么多钱，或者是中间没有算清楚，有一笔你们没给，或者是下次再给你们之类的推脱之词。

总而言之，就是要糊弄少给钱，最后二十几块糊弄给了五块就打发我们走人。

其实真心没人在意那一点钱，打牌初衷也只是为了开心玩耍而已，但是有人却不恪守规则。

不因年纪和资历去看轻别人，也不因位置和资源去欺负别人，才真的值得别人敬佩。

-4-

春节期间，在麻将场上晃悠了一圈，也稍微明白一点点人情世故，看清很多事情。

沉迷于麻将而无法自拔的，在生活中自制力必然也不会太强，自身的生活也不会有多幸福。有时候是因为失意，有时候是因为赌博成瘾，所以才会一味沉迷于麻将。

输赢心太重，一心想在麻将上发家致富的，忽略了：牌打三十年，各赢各的钱的道理。该享受生活就享受生活，别一味在小钱上斤斤计较。

那种禁止小孩打麻将，但是却无法控制自己的，在小孩心里，他们的言语是没有说服力的。毕竟，行动比语言更有说服力。

这些都是不好的影响，当然也会有一些高情商的人。

打麻将时，在对家一直输的时候，适时送上一张牌，让大家都开开心心的人，情商一定不低。在平常生活中，也会懂得顾全大局、拿捏分寸，人际关系也会处理得很好。

在麻将桌上，能利用麻将的优势，唠家常，谈成一桩生意，或者是博得岳父岳母赏识的人，更是不可小觑的。

不论是输赢，都有自己的止损或者是收盘底线，该撤退时绝不留恋，不会一心想着翻盘或者是再赢吧，在生活中一定明白自己的人生目标和定位。

打麻将，最佩服的就是我妈。在我很小的时候就记得妈妈爱打麻将，但却不经常打，一般都是三四个月打一次，而且都是在下雨天没法干活时才去打，逢打必赢。

能克制住自己，并且在场面明显有利于自己的情况下，还能收工回家，确实值得佩服。

当然，最好的打麻将就是不打，多利用时间去做点其他的，春节小娱一把也未必不可，但是切记，小赌怡情、大赌伤身哦。

不论是麻将，还是餐桌，或者是地铁，你的一举一动都在暴露自己的修养和品性。而我们要做的，是在日常生活中，好好修炼自己，去做一个活得精彩的“小妖精”。

目光远大、心怀广阔，而不是一心计较眼前的得失。

2017年，愿每个人都能活成自己喜欢的样子。

part 4

在平凡的岁月里，熠熠发光

你这样的女孩子，真好养

-1-

昨天跟二姐、二姐夫，还有他们的一个朋友，去吃海底捞。

点菜的时候，问我点什么菜，我还没回答，二姐就替我说：我来吧，一起吃了这么多年火锅，你喜欢吃什么菜我还不知道。

半份肥牛、半份肥羊、一份土豆、一份小白菜，还有冬瓜……

这些可以了吧？二姐笑着问我。我连忙说：够了够了，我吃得少，一般都不吃晚饭的。

因为后来一直在减肥，所以早饭会吃得比较多，午饭象征性吃一点，晚饭除了水果，别的基本都不吃。只是偶尔跟朋友见面叙旧的时候，才会吃一些。

二姐夫看着我们点的菜，笑着说：你们就点这么一点，平常还吃那么少，真好养。

我笑着没说话。

中间提及我的工作还有日常安排，当得知我的日常除了工作，就是写稿，周末也是找一家咖啡店待一整天的时候，几个人都发出了不可思议的感叹声。

二姐夫跟另外一位朋友，姑且就叫H吧，纷纷说道：你这样的女孩子真好养。

是啊，我这样的女孩子真好养。平常不仅会自己努力工作赚钱，周末时间也用来写稿赚钱，基本不逛淘宝也很少逛街，也很少向别人开口要礼物。唯一的乐趣也就是偶尔游山玩水放松一下。

自带赚钱属性，还省事、不矫情的女孩子，真好养。

-2-

知乎上有一个问题是：为什么现在男生都不追女生了？

我觉得其中一个可能的原因是：男生觉得追女生的成本太高了吧。

吃饭的过程中，听起H和二姐夫谈话，H抱怨道：现在的相亲男生好不划算，女生好赚呀。女生相亲的时候，有人请吃请喝，还有人请看电影、陪逛街，真赚。但是男生呢，既要花钱、花时间、费心思，最后还不一定成功。

相亲不成功，还要花钱，这样也太亏了吧。我上次相亲就花了四百多块钱，从此再也不相亲了。

我在心里笑了笑。

想只靠四百块钱、一顿饭，就找到一个女朋友，你这如意算盘打得也太好了吧。关键是，你根本不知道女生需要的是什么，而是一味用自己的金钱成本和时间成本去衡量得失，不失败才怪。

你觉得会赚钱还省事的女孩子好养，是因为你从经济成本分析，她不仅不会增加你的成本，你还不用费心思，免费就可以得到一个会赚钱的女朋友，何乐而不为?

但是你却忽略了一件事：会赚钱还省事的女孩子，眼里看到的从来不是好养不好养，也不是你有没有钱，而是更高层次的精神契合度。

-3-

H说：他周末基本不出门，都是在家睡觉看电视，一觉睡到傍晚时分，饿了的话，就去网上叫个外卖，随意吃几口，垫垫肚子。

中间还提起：他现在有车有房，也没什么可操心的。上海基本不可能，所以在老家买了一套房，不知道在哪里买的车。所以生活还算满意。

而提起看书，他从小到大就不喜欢看书，一碰到书就想睡觉，也不懂为什么会有那么多人喜欢看书，为什么我会将大部分精力用在没有什么回报的写作上。

我尴尬地笑了笑，不知道怎么回答，不论谁是谁非，只是觉得这应该就是算没有共同语言吧。

至于女朋友，我想他可能缺的是一个妈。

缺一个既可以赚钱养家，又会操持家务，还不怎么爱花钱，凡事都为他着想的妈。对了，他连一点点都不用付出。

-4-

亦舒曾经说过：我要很多很多的爱。如果没有爱，那么就要很多很多的钱。

当你只用金钱和成本去衡量一个女孩子是不是好养的时候，却最容易忽视其他问题：你是否真的能满足她的其他需求。

因为会赚钱又省事的女孩子是真的好养，但是因为她已经不再操心经济，所以更看重其他问题：彼此的契合度和爱。

我不认为一个连相亲都要算成本的人，会跟一个会赚钱又省事的人，在精神上能有多高的契合度。我也不相信，一个只在乎女孩子是不是好养的人，可以给她多少爱和陪伴。

花你钱的，你看不上；你觉得省事好养的，却偏偏没有共同语言。

你在乎的是物质层次，别人看重的却是精神层面。

《欢乐颂》里曾经有这样一句话：男人在追你的时候都是他最用心的时候，如果在这个时候他都不肯付出金钱跟时间，那你就可以立马让这个男人滚。

我一直相信：不要脱离了经济谈爱情，但是也不要将全部感情金钱化。毕竟，在一起过日子，靠的不是斤斤计较，而是彼此是否互相中意。

而对于大多数女孩子来说，她们真的很好养，也很好哄，只是她们在意的并不仅仅是金钱，也并不是你能否养得起她。

而是：你是否爱她，愿意以一颗真心对她，是否肯花时间关心和陪伴她。

所以，不要只想着去找好养的女孩子，而是要找你愿意为之花钱的女孩子。

我的前男友
加了我的微信

-1-

下午正在工作的时候，手机一直振个不停，咚咚咚一下子跳出了很多条消息，我以为有什么急事，连忙去看，才发现有朋友组建了新群，大家在群里讨论得热火朝天。

那是一个高中同学建立的群，一方面是怀念当时的青葱岁月，以前关系不错的小伙伴们大学毕业以后都各奔东西，再无联系，正好可以联络联络感情。另一方面是资源整合，当时的小伙伴们现在都在各行各业，做着相同或者类似的工作，多少都可以整合一下。

就在我处于开心加好玩的状态时，一个有点奇怪的头像蹦到了我的眼前。不得不说，女人对于很多事情，真的有一种超强的第六感，虽然是完全陌生的头像、从未听过的昵称，但我下意识的反应是：天啦，这该不会是我前男友吧？！

分手四五年，从未有过任何联系，甚至连社交状态都是零交集，我居然还能从一个头像迅速认出来他，也是被自己的直觉惊讶到了。

事实证明，我的直觉是正确的。

其实后来也明白，迟早是要相遇的，毕竟圈子就那么大，随便一个同学聚会，或者是一个共同好友的婚礼，就可能会尴尬地相遇。不过心里又怀着那份小侥幸，想着说不定以后就再无交集了呢，毕竟世界那么大。

但是，还是相遇了。有点尴尬，又有点有趣。

−2−

同时，我的前男友也发现我了，凭着我超级无敌可爱的群名称：这个群最可爱的小可爱树獭，以及我高频率出现的身影，想让人忽略都难。

我知道他发现了我，他应该也知道我发现了他。彼此很有默契地没有进行任何语言沟通，甚至在一方说话时，另一方会很识趣地闭嘴隐身。

对于过去的事情，我想，我们可能没有完全忘记，但是最起码，全部都放下了。我们都已经踏上了新的旅程，开始了新的人生。

记得刚分手时，一个人躲在被子里哭得撕心裂肺，那个时候把爱情看得太重，觉得那个人就是对的人，不能轻易放弃。一想到当时承诺一生的那个人，以后就要跟你再无交集，他的喜怒哀乐都跟你再也没有半点关系，从此就要完全退出你的生命，就会难过得要命，一个人哭得停不下来。

那个时候，把对方看得太重，把未来看得太短。

后来有过几次短暂的分分合合，彼此就再也没有交集。没有撕逼、没有诋毁，两个人礼貌地约定好：以后老死不相往来，终于成了陌生人。

其实在分手后的很长一段时间，我都经常梦见他。梦见他回来了，梦见他跟我笑着打招呼，梦见他跟我并排走过小城的街道，去吃热乎乎的豆浆油条。

醒来之后，一度分不清是现实还是梦境，看到房间里空荡荡的床，以及通信录里没有任何记录的痕迹，一个人又会痛哭不已。

正如人们常说的：时间和新欢，是治愈一切伤害最好的办法。如果还没有痊愈，只能说，时间不够长，新欢不够好。

在四五年的各自生活，以及很多事情的发生，还有自身的成长改变，这段往事已经被我收藏在了记忆最深处，当作一段青春的见证和人生的一笔宝贵财富。

—3—

晚上，我突然发现他申请了好友验证请求，看着那个完全陌生，但是又有几分熟悉的头像，我愣了几秒，然后放下手机，去了卫生间。

他，我的前男友，申请了我的好友请求。嗯，他是准备加我为好友了。

我是一个感情经历极其简单的人，从高中到现在，只交过一个半男朋友，至于为什么有半个，现在还是个秘密。所以，对感情的事情，尤其是前任，虽然已经完全放下，但是还是有点敏感：为什么要加我好友，加我好友干吗？

我在心里默默思考了一番，想要加我好友，无非三个原因：

第一，毕竟都在一个群里，一个老同学圈子，低头不见抬头见。虽然以前有过感情纠葛，但是大家也都放下了。就当一个普通的朋友或者点赞之交，说不定以后还可以借钱呢！

第二，可能是他还没放下，或者是他认为我还没放下。所以想互相安慰，或者是破镜重圆也说不定。

第三，一般情侣分手之后，再见面都会不自觉或多或少带一些攀比的心理。想证明我过得比你好，当时离开你的决定是正确的，或者是你提出分手是一个错误的选择，现在后悔了吧。

我利用有限的智商、不太严密的逻辑思维，理出这三点来，然后自己默默思忖。

—4—

如果是第一点的话，我是坚信爱过的人是不能再做朋友的。可能在很多人那里，前任最后都变成了好朋友，但是在我这里行不通。

因为有过美好或者不堪的回忆，两个人在一起，或多或少都会想起一些来，总归不太好。毕竟，我们都是经历了重生，要过美好人生的人，都不要被回忆所牵绊。而且，每个人身边可能都不缺朋友，尤其是这种最容易让人误会的朋友。

如果是第二点呢？我坚信经过了这么多年，我们都已经完全看开并放下，都是成年人了，理智不会让我们一直活在回忆里。

而且，后来我从朋友那里听到一些关于他和他未婚妻的消息，好像快要结婚了。既然彼此都无意，对方也要准备步入婚姻的殿堂，多一事不如少一事，还是不要惹是生非了。况且，我也没有多余的份子钱。

那么，第三点呢？我这个人最讨厌的就是攀比和证明。虽然我活得也算衣食无忧、天真烂漫，但是实在无意去跟别人比一个高下。

多么幼稚的想法。每个人都有自己的选择和要走的路，不论他人的生活如何，我们还是应该把全部的精力放在自己身上，努力去经营自己的生活、提高自己的眼界。

过好自己的生活，比什么都重要。

思考了好久，不论是当普通朋友还是有其他打算，我觉得回忆里的人，就不要再联系了。安心过好自己现在的人生，做自己喜欢的事情，足矣。

对于过去，我们说一声：谢谢，再见！就够了。

这样的女人，
永远不会输给年龄

-1-

《圆桌派》让徐静蕾和蒋方舟再一次成为大众的热点话题，人们欣赏成熟知性、豁达洒脱的徐静蕾，但是我更心疼焦虑无措、迷茫懵懂的蒋方舟。在蒋方舟身上，我们仿佛看到了另外一个自己——那个曾经或者即将在三十岁边缘徘徊迷茫的自己。

在事业上，我们认真努力、积极上进，仿佛有用不完的力气、打不完的鸡血。但是每当加完班，走在寂静的回家路上时，我们就开始怀疑人生的意义和自己的前途。

事业仿佛到了瓶颈期，怎么努力都突破不了那个界限。领导的心思越来越难猜，工作指标也越来越高，还有刚毕业的大学生一脸青春洋溢的样子，都让你感觉到空前的压力和无尽的迷茫。

眼看就要奔三的你，还是孑然一身。你一个人吃饭、一个人睡觉、一个人看电影、一个人去医院，一个人仿佛已经活成了一部励志剧。然而，每当夜深人静的时候，偶尔还是会想：自己期待的那个人会有吗？会来吗？

面对父母的来电，以及同事好心的劝说，你想解释，又不知道怎么解释。仿佛在现实面前，一切都是苍白的。

后来的我们，随着年龄的不断增加，好像越活越脆弱，越活越焦虑。在风尘仆仆的生活中，已经忘记了最初的自己，最想要的生活到底是什么样子。

-2-

好友M刚刚过完三十岁生日，看着桌子上点燃的生日蜡烛以及众人期待的眼神，她无奈地笑了笑，说：真害怕这一天的到来。

好怀念那个扎着马尾、背着书包走在校园里的自己。那个时候虽然什么都没有，但是却自信、快乐，总觉得未来有数不尽的美好和猜不完的惊喜。可是真的到了十八岁，却感到空前的恐慌和焦虑。

我们曾经心心念念的未来，现在却让我们空前害怕。那个曾经扬言要“喝最烈的酒，爱最好的人”的自己，已经慢慢被生活磨去了棱角。

微博上有这样一个段子：**当看到大家的男朋友越来越丑时，我就知道，大家开始认真了，真的要成家了。**

第一次看到这个段子时笑得不能自已，后面笑着笑着就哭了出来。虽然是段子，但是却说到了很多人的心坎里。

随着年纪的增大，尤其是到了该结婚的时候，很多人变得越来越害怕，越来越怯懦，已经不再敢坚持最初的想法与自己的要求，而是想着就这样吧，将就着找一个人嫁了吧。

兴趣不重要，三观是否一致也不重要，有没有共同的理想与目标也不在乎，只要两个人能看得上彼此，只要我们的父母对彼此没有意见，我们就凑合在一起吧。什么梦想、什么青春，最后都输给了“现实”两个字。说好的爱情与未来，也都变成了将就。

我们到底是怎么了？为什么年龄越大越随便与将就，仿佛这个时间段的自己已经不值钱，要打折出售了？

-3-

43岁的徐静蕾在节目上说：除非你觉得美和年轻是你最大的优点，要不然就不会在意。

很多人怀念青春，是因为那个时候的他们年轻漂亮。

但是，如果一个仅仅依靠年轻就想要得到一切的女生，未免也太天真了。**二十五岁之前，你拥有的是青春；二十五岁之后，你需要的是自信和对生活的底气。**

过了三十岁的你，虽然已经没有了二十岁的青春与活力，但是却多了几分稳重与自信。更加了解和熟悉自己，知道自己最擅长什么。知道怎样才能发挥自己最大的长处，才能从容不迫地去过自己想要的人生。

对生活也有了自己的见解，虽然不能完全参透，但是也明白自己想要的是什么，懂得人生的下一步应该怎么走。不急不躁、不慌不忙，一边徐徐前进，一边继续提升自己。

自己的能力和魅力是自信的来源，清楚的认知和不断的提升，则是最大的安全感。

这样的三十岁，难道不比朝气和青春的二十岁，更令人尊重和羡慕吗？

-4-

然而不是所有的女人，都会有着令人尊重和羡慕的三十岁。在生活的这场跋涉中，有的人活出了自己，而有的人早已经屈服于生活。

上次参加同学聚会时，见到了数十年都不再联系的老同学。一些人魅力不减当年，风采依旧；而一些人，仿佛活在难民营，早被生活压榨得不成模样，放弃了自己。

我也见过无数个在菜市场跟小贩为了一两毛钱吵得面红耳赤的女人，虽然只有三十岁，可是佝偻的背影与随便的模样，仿佛活成了五十岁。只是因为在人生的这场跋涉中，有人一直坚持努力与提升自我，而有的人却早早放弃了自己。

作为一个女人，在生活中，最不应该做的事情就是放弃提升自己，而必须要做的事情就是全方位提升自己。只有这样，才会让你在未来的人生中不断增值，不因年龄的增加和青春的消逝而不断贬值，以至于打折出售。

而关于提升自己，我的几点小建议是：

第一，不论在什么时候，都不能放弃读书。

读书，是我们打开视野和拓宽自己的一条捷径。在书籍中，我们就可以更加了解自己，更加懂得生活。读书久了，你会慢慢发现，关于生活的很多困惑，甚至人生的很多难题，前人早已给出了答案。历史总是以相似的方式循环，只是答案需要我们去找。

读书不会直接改变生活，但是可以改变自己的认知、更新自己的知识库，从改变自己，进而改变生活。

第二，找到自己的兴趣点，不断学习提升。

前一段时间听李尚龙老师的微课，其中有一点是：找到自己的兴趣与特长，并将它发展为自己的赚钱能力。很多人都误以为兴趣和特长仅仅是爱好，每次填的各种表格中，兴趣和特长都是摆设。

其实不然，在这个时代，只要你有一技之长，并且学到最好、发挥到极致，它就不仅仅是你的兴趣特长，更是给你带来经济收入的一种重要方式。

读书、写作、画画、唱歌都可以。

这才是做自己喜欢的事情，过最想要的生活。

第三，学会理财。

很多人都以为理财是财务人员或者是有了一定积蓄的人才可以做的，其实这是一个误区。上到古稀老人，下到七岁小孩子，理财与我们息息相关。

在房价与物价足以将我们压垮的年代，很多人还妄想通过一份稳定的工作衣食无忧，这难免有点让人感慨。低水平的理财，可以让我们多一些收入；高水平的理财，则是我们美好生活的另一种方式。通过理财，可以让我们的资金真正为自己所利用，而不是一味像驴子一样只知道无休止地劳作。

不因为年龄增加而贬值的最大秘诀就是：拥有逐渐增加的人格魅力与生活能力。不因失业而恐惧，不因单身而忧虑；不因年龄而将就，不因迷茫而放弃。

每一个女人，都应该被人爱。而在这之前，我们要做的是好好爱自己。好好爱自己，并不仅仅是对自己好，同时也要懂得如何投资自己从而提升自己的价值，让自己的魅力和人格不断提升。

这样的女人，永远不会输给年龄。

真羡慕那些
还可以吵架的情侣

-1-

以前还在读书的时候，经常看到身边的情侣朋友吵架：

你明明答应了我今天一起去看电影的，结果你忘记了？

今天给你送礼物的那个女生是谁，听说你们上周还一起吃饭？

我昨天给你发的短信，你现在都没回，你告诉我你没看到？

看着平常如胶似漆的情侣，在吵架的那一刻，都拉长了脸，一方怨气冲天，另一方手足无措。

我看着这一幕，心里想：**明明是相爱的，为什么就不能好好说话呢？明明心里想说的是“我爱你”，怎么到了嘴边就成了“我们分手吧”**。

—2—

后来自己开始恋爱的时候，也毫无意外地陷入了这样的僵局：

给他发的短信常常得不到回复。

明明QQ在线，但是却不跟我讲话，那个时候还没有微信。

本来就是异地恋，一年就见一两次面，回家了还不联系我。

生活中的每一个细节都容易让我生气，而我又是一个极其没有安全感的人。所以对他的失望和怨气一点点积累，最后成了压死骆驼的最后一根稻草。

即使是相爱的，即使我们之间还有很多美好的回忆和不舍的时刻，但是那段感情最后还是走到了尽头，成为了一个无法挽回的遗憾。

那个时候的我还没有意识到，比起冷战，吵架其实是另一种沟通方式。

我习惯了将所有的想法和期待都藏在心里，即使对方达不到我的期待，也不会表现出来。但是对他的失望却会一点点累积下来，然后长时间冷战。时间久了，两个人的相处模式和沟通状态并没有得到任何的改善，但是我们之间的感情已经被互相的不理解耗尽了。

后来才慢慢懂得：情侣虽然互相喜欢，但毕竟是两个独立的个体。他们之间的生活背景、成长环境的不同，导致思维方式以及沟通方式都有所差别。当产生矛盾而无法立即得到想要的结果时，有时候短期的争吵也会让双方明白彼此想表达的点，也是另外一种梳理情绪、改善关系的方式。

-3-

前两天阿来因为一件小事跟她男朋友小九吵架了。哦，也不是小事，一个朋友说了：凡是能引起你情绪极大反应的事情，让你极其失望或者是十分激动的，都不是小事。

起因是这样的，阿来跟小九在微信聊天，但是小九总是有一搭没一搭地回复阿来，再加上阿来其实是想好好跟小九说会儿话，讲一些过去的事情，他却不停打岔。

阿来十分生气，因为觉得自己不被尊重、不被在意。要是以前，阿来可能就会选择自己中断对话，然后冷战，好几天不理他，甚至拉黑他。虽然这是一种极端的方式，但是从阿来以往的经历和认知来看，她确实会这么做，因为那是一种潜意识自我保护的方式。

但因为阿来之前发生了一些类似的事情，请过心理咨询师朋友帮忙分析过问题，所以她慢慢学会了把不满和愤怒表达出来。

阿来对小九说：你从来都不肯好好听阿来说话。

小九最开始还想打趣，阿来又将同样的话原封不动地再次发了过去。

小九开始重视，然后很认真地发了一段语音：你为什么觉得我不好好听你说话？

阿来冷静了四五分钟，开始把自己感受到的不满告诉他：

1. 我给你发微信，你要么不回，要么很晚才回；

2. 我每次想跟你好好说话，你就一副吊儿郎当、不当回事的样子。

我很难过，很受伤。

—4—

过了一会儿小九回复道：没有啊，我一直都在认真听你讲话。我可能就是那种多动症小孩，就是小时候家长都要追着喂饭的那种，虽然看起来有点不正经，可是一直都在听你认真讲话呀。

我没有回复你微信，或者是晚点回你，是因为有事情在忙啊。

阿来连忙说了一句：那你有事情在忙，你可以告诉我，你在忙啊。那不就什么误会都没有了啊。

小九认真地解释道：手机还剩百分之二的电时，我都在跟你讲话；剩百分之一时，我放在桌子上，都不敢碰一下，怕它随时关机。你给我发的图片我都看到了，真的。

听着他这么解释，阿来的担心和患得患失也就不存在了。他并不是不在意她，也不是故意疏远或者不喜欢她了，反而是因为太在意才这样。

后来阿来就跟小九约定，以后如果她想说什么话，就认真叫一声他的名字，他就会立马专心致志地听，不打岔。有什么问题，哪怕是吵架也好，也要及时沟通，而不要彼此憋在心里，一点一点累积起来伤害彼此的感情。

-5-

最近在看《半生缘》，世钧和曼桢两个人从一开始的惺惺相惜，到最后遗憾错过，让我心里很不是滋味。

虽然这跟他们的性格、彼此的家庭和成长环境都有脱不了的关系。但是彼此缺少沟通是造成他们错过的一个重要原因。

世钧觉得曼桢可能有了更好的归宿，从而主动退出，却不知曼桢已被关在小黑屋里生不如死、几欲自杀。

曼桢恢复自由后，几次联系世钧，但是写的信都石沉大海，误以为对方后悔了，不想再跟她联系，却不知信已被人拦截。

因为很多误会，因为两个人缺少沟通，从此丧失了所有的可能性，以致咫尺天涯。

以前看偶像剧，男女主角之所以分开，都是因为最开始时的一点小事产生了误会，而得不到及时的沟通。哪怕那个时候吵一架，而不是将自己的疑问和怨气藏在心里，可能最后都不会形同陌路。

比起情侣之间通过冷战来惩罚对方，或者是面对面都不知道说什

因为很多误会，因为两个人缺少沟通，

从此丧失了所有的可能性，以致咫尺天涯。

么，我宁愿像阿来那样好好吵一架，把什么问题都说明白。

以前最喜欢看蔡康永的《蔡康永的说话之道》，因为要通过说话，将对方放在心上；要通过说话，让对方感受到我们的温暖和诚意，更好地了解对方。

而沟通的方式千万种，吵架虽然不是最好的一种，但有时候却也是弥补关系中效果不错的一种。

说真的，有时候还是挺羡慕那种可以吵架的情侣的，即使一直打打闹闹，但是却从未想过放弃对方，而是寻求更好的沟通方式。

有眼界的女人，到底有多美

-1-

周末的时候，跟格格约了喝下午茶。还没坐下就看到她那张苦大仇深的脸以及额头上舒展不开的“川”字，懒懒地窝在沙发里，整个人都被低气压环绕着。

我连忙问：怎么了，是不是新工作不顺利？因为知道格格最近刚跳槽去了另外一家前景比较好的公司做财务，据说薪资比之前翻了一倍。格格笑着说：有人的地方就有江湖，我们的老祖宗真是太机智了，早早就总结出这么宝贵的经验给我们。

听了格格半个小时的“当堂陈述”，我才慢慢了解了事情的原委。格格去了新公司，因为手里有一点资源以及自己做事比较靠谱，让新公司的老板特别看重，就把很多重要的事情委托给了她。

但是因为是新公司，其他人对她也不熟，都不是特别买她的账，所以新工作开展起来就遇到一些问题。别人不配合她，她倒是可以理解，软硬兼施，解决这些小喽啰不在话下。

然而，新公司一个跟她资历差不多的主管总是有意无意地针对她。不仅在公司的主要事情上不配合，而且在很多无关紧要的小事上，还喜欢挑毛病，让她十分头疼。其实说白了，两个人是同一个公司的员工，对方跟她存在竞争关系，但是不想用业绩或者指标之类的来跟她竞争，而是选择了暗斗的方式，让大家都不舒服。

我在心里暗暗想道：**这样的女人，可能这一生也就如此了吧。永远活在自己的小圈子里，永远跟别人争眼前的一点点蝇头小利，永远看不到自己眼界以外的世界**。

张德芬的《遇见未知的自己》里有这样一句话：**是啊，我们现在就像一群穴居人，在洞穴之中，为了抢夺火把而拼得你死我活，却不知道，只要步出洞外，我们有取之不尽的太阳能！**

将自己的眼界拓宽，你会发现：生活中的很多争执和抢夺都无关紧要。因为你的未来，不止于眼前。

—2—

H是我上一家公司的财务主管，也是刚进公司，就被卷入各种明争暗斗以及小团体之间的利益纷争中。虽然处在风暴中心，但是她却好像从来不在意别人的暗箭，仿佛针对的那个人不是她，依然我行我素。

有一次吃午饭的时候，我忍不住好奇，悄悄问她：你就没想过反驳回去，赢了这盘棋，让他们心服口服吗？

H看着我，笑了笑，说：小姑娘，你还太小，不懂这些事。真正的棋盘，是你的人生。而你真正要赢的，是你自己，不是别人。

那个时候刚毕业，我还不太懂这些话。

同时H呢，依然我行我素，对于他们的离间和挑拨从来都是置之不理。专心做自己的事情，每一次的任务都以超标准完成，还对管理的制度提出了几点补充建议。

利用业余时间，去考取了注册会计师的证书，以及某财经大学的在读研究生，在其他人还想着中伤她时，她已经被老板提升到总部去当财务总监了。

H走之前跟我说：**不论在什么时候，一个女人，都必须知道自己要的是什么，将全部的精力放在自己最想做、最有价值的事情上，而不是让一些旁枝末节消耗了你的精力和注意力**。

别人的离间和中伤固然对你有影响，但是你如果将全部的精力都放在他们身上，那你的事业和未来呢？你的人生路还很长，不要将自己的精力和时间浪费在毫无意义的事情上。

更重要的是，眼界。将你的眼界和事业放宽一点，给自己的人生也多一些选择，而不是在一个小天地里，为了几口饭，跟别人争得你死我活。

-3-

《甄嬛传》里，宫里的妃子们为了博得皇帝的宠爱与注意，真是无所不用其极。小到争风吃醋，大到相互陷害。宫斗戏看多了，很多人都误以为生活其实就是宫斗戏，职场就是你死我活的后宫。必须要将竞争对手打败，必须让所有人都听你的。

其实不然，宫斗戏里的纷争是由当时环境以及历史原因造成的，她们没有办法去接触外面的世界，终生所依靠的幸福也只有皇帝一人可以给予。而现实生活中，我们每个人的人生都是自己选择的，而不是虚无的皇帝。

为什么说女人的眼界很重要?

智慧的人，会从当下的工作和职业中，迅速让自己成熟干练，尽快学习和充实自己，然后提升自己的能力。这样的话，不论是这一份工作，还是下一份工作，对她而言，都只是人生中成长的一部分。这些都是她蜕变和成长的战场，在这里，她和公司是双赢的。

但是对于有些人而言，一份工作就是自己的所有。她必须在这个公司里赢得大家的尊重或者是服从，所有潜在的竞争者以及不服从者都被自己用各种手段排挤掉，最后胜利的就是自己。

对于前者，我是尊重加崇拜；对于后者，则替她感到悲哀。

人生那么长，何苦将自己的一生依靠在一份并不稳定的工作上？何苦将自己的全部精力都用在算计和钩心斗角中?

-4-

历史看多了,会发现一个规律:一个人一生的命运,主要取决于这个人的性格。

多疑的性格,注定了在以后的人生中患得患失,不相信别人,甚至不相信至亲的人;骄傲急躁的性格,注定了在漫漫人生中,会因为一点小胜利而吃大亏,难以沉下心来去规划长远的目标并坚持做事。

而独立思考的人,注定了在判断问题时,会比其他人更独到和睿智一些;眼界宽广的人,注定了走的路会比一般的人更长、更远。

真正智慧的人,会将自己的目标和重心放在长远的人生以及更重要的事物上。而真正有眼界的人,也绝不会将自己的圈子局限于当下的小天地。

有眼界的女人,不只有豁达的心态、努力勤奋的品质,还包括对时间和精力的珍惜、对未来的规划。因为有时候,方向远比努力更重要。

那么,在今后的生活中,如何提升自己的眼界,如何规划自己的一生,松浦弥太郎在《如何规划你的人生》中给了四个建议:

第一,深度探究喜欢的事物,培养自己成为专业人才。

找到一件自己喜欢的事情,即使跟工作没有关系也不重要,然后进行深入探索。假以时日，注定会成为自己独特的观点和不可替代的所长。对于某项事物有特别研究的人，更能在社会上立足。

第二，培养旺盛的求知欲。

不论你是二十五岁，还是三十岁，都应学会自我投资。自我投资不一定要花钱，也可以利用时间做一些有意义的事情。多看书，多看电影，多参观文艺展览，多听音乐。趁年轻时多投资自己，培养自己旺盛的求知欲和好奇心，去学习，去发掘新的能量。

第三，试着从不同的角度思考问题。

遇到事情不能单纯去接受，更要思考它背后的原因以及当事人的立场。有时候，如果对某一类事物，清楚掌握了原因之后，你就会更加清楚这件事情发生的根本原因以及发生的必然性，也就会有更恰当的应对措施。

第四，锻炼观察力。

很多人不论是在地铁上还是在外面，都喜欢戴耳机玩手机，忽略了周围的风景。尝试去探究周围的风景，观察人、事、物，养成观察周遭的习惯，时间久了，会给自己意想不到的变化。很多时候，灵感常常来源于对周围事物的观察。

那么，祝大家都能成为一个真正有眼界的女人，将自己的生活过得漂亮潇洒！

势均力敌，
才是爱情最好的样子

-1-

昨天晚上十点，阿西在群里发了一条消息：我被老婆赶出家门了，身上没钱没钥匙，求救。群里的小伙伴有的拿他打趣，要不报警试试；有的则认真地出主意，要不去附近的酒店住一晚。

第二天早上上班，阿西顶着一双熊猫眼走进了办公室，哭诉着说：昨晚在外面被关到凌晨一点，隔壁的邻居实在忍受不了他的嘶吼，就过来敲门，他的老婆才不情愿地打开门。但是一进门就把卧室的门锁上了，他只能在客厅待了一夜。

我们都知道，阿西跟他老婆其实就是小夫妻的打打闹闹，有时候闹一闹反而感情更深。但是同样的事情，在其他夫妻身上不断发生的时候，不禁让我开始认真思考：夫妻双方的家庭地位，究竟靠什么来决定？

我一个高中同学M，今年是跟他老婆恋爱的第九年了。从高一一见钟情到现在仍然甜蜜恩爱，这样的感情确实羡煞旁人。但是在最近一次聚会的时候，则听他酒后抱怨了一些夫妻之间的琐事。

他的老婆是一个很温柔善良、体贴大方的女生。毕业之后跟他进了同一家公司，在他还任劳任怨卖力打杂的时候，他的老婆已经通过自己的努力和业绩升职加薪；他好不容易熬到上司跳槽加了1000元的月薪时，他的老婆却被竞争对手公司挖走，一年之间因给公司创造了可观利润，所以她的薪资很不错。

这样一来，他月薪6000元时，他老婆的月薪已经20万元了。虽然说，夫妻之间的家庭地位不是靠双方的经济实力和能力来决定的，但是平常的相处情况还是让他有点尴尬。

因为经济地位的差异较大，导致两个人的家庭地位在某种程度上也不平衡。

-2-

两个人搬家时，基本是M忙前忙后、从头到尾在照顾，来回搬了好几趟才慢慢搬完。家里的卫生基本也是由M来解决，他老婆比较珍惜家里刚装修的地板，要求擦地板时必须要跪着擦。一般老婆买什么东西，M都不敢有任何异议，但是M买东西买不好却总是被骂。

虽然他们很相爱，但是这样的相处模式却让他头疼不已。我们曾经婉言劝过他：要不要跟他老婆谈谈。毕竟两个人的相处是长久的事情，要两个人都舒服，生活才会过得好。

M思考了良久，才吐出来两个字：底气。

他没有谈判的资本和底气。在这场婚姻里，他们的经济实力与能力注定了他们之间相处模式的不平衡。虽然说，婚姻里的地位不是靠经济实力来决定的，但是你的经济实力和能力，却是婚姻地位的重要筹码。

两个人不仅要相互理解、互相关爱，同时在事业工作、人际关系上，也是要势均力敌、彼此呼应。

我跟闺密讲了M的事情，我们在想，如果我们处于M妻子的立场做事情的话，一般是这个样子：

周末要打扫卫生，那就叫个家政阿姨吧，三个小时一两百块钱也还好，两个人不用辛苦，还可以开开心心出去吃个饭约个会。搬家可以叫搬家公司，打扫可以叫家政服务，给两个人就剩下开心快乐的空间就好了。

但是这样的前提是，有赚钱能力的人才能提出这样的要求，而经济处于劣势的另一方则不能主动提出这个要求。因为如果他们的时间价值都比不上家政阿姨的时间价值，这样的提议难免会让人嘲笑。

不论是在爱情里还是在婚姻里，两个人能力的势均力敌、兴趣上的高度一致，才是维持稳定关系最重要的因素。

—3—

最近看了一篇《男人说的最毒的情话，就是：我养你》的文章，感触颇深。

大抵讲的是一个在职场上混得风生水起的女人，因为怀孕时丈夫的一句“我养你呀”，放弃了一切，洗手做羹汤。但是在自己已经丧失了一切职场能力的时候，又生了个女孩，于是被婆家嫌弃，被丈夫冷眼相待。

甚至还厌烦地说出：你们母女都是靠我在养，有什么资格提要求？说这话的时候理直气壮，丝毫不记得这个女人曾经也是在职场上呼风唤雨、赚钱养家的，只是因为他的承诺，便为他放弃了自己的事业。

女人在恋爱的时候，听到男人的一句：没关系呀，我养你呀。大抵心底里都要欢喜得开出花来了吧。但是别忘记：两个人在一起，最重要的是彼此合拍，势均力敌。

当你为他抛弃了一切，甚至连自己生存的立足之本都放弃时，就要承担有一天他因为你没有立足之本而嫌弃你的风险。

提起婚姻，很多人会想到大导演李安和他老婆。据说李安在没成名之前，怎么怎么落魄，都是他老婆在养家糊口。可是别忘了，李安是从一开始就有自己想做的事情和梦想的，他也一直在为它付出努力，从未停歇过。而他妻子也是由于欣赏他这份才华和能力，所以愿意等。

但是大部分人，并不是一直为自己的梦想坚持不懈，而是希望有一个一劳永逸的ATM取款机，这样的想法必然会造成婚姻的不和谐。

两个人之间的合拍一致、势均力敌，并不仅仅指经济实力。更是两个人对生活的看法与理念，对待梦想的态度与行动方式。只要两个人有着相似的理念或者价值观，即使经济实力不同，也会因为其他方面的高

度一致达到关系的和谐。

但是不论怎样，都不能因为婚姻和爱情，放弃了提升自己的要求，以及一直以来自己的立足之本。如果你都放弃了自己，就别怪别人也放弃你。

—4—

后来因为工作的原因，认识很多姐姐，虽然才三十出头，但孩子都可以打酱油了，却依然保持着青春的活力和生活的积极性。

有的是全职太太，在送走老公上班、送完孩子上学、做完家务之后，自己在家里看书写字，学习一些心理学或者是其他方面的知识。即使没有工作，但是其他方面对于自己的提升却从未停止。

有的是夫妻双方都在上班，白天上班，晚上回来陪小孩，等小孩休息了之后自己一个人看书写字，享受奢侈的独处时光。

不论是已婚还是未婚，不论是家庭主妇还是职场人士，幸福的婚姻里大抵都有这样一个共通之处：自我提升，势均力敌。

即使你月薪10万元，我不到1万元，但是在婚姻生活中，我也从未放弃过追求自我价值的提升以及对梦想的执着。即使你在职场叱咤风云，我在家里围绕厨台转，但是我也有我的兴趣和立足根本，不会让生活重心全部放在另外一个人的身上。

想要过好两个人的生活，前提是自己一个人的生活也要过得丰富、精彩。永远不丢失自己的盔甲，永远不将生活的主动权交给别人。

势均力敌、共同作战。这样的女人，婚姻一定保鲜。

一个人在外打拼时，记得照顾好自己

-1-

下班后，坐在回家的地铁上，无聊地刷着手机，看看更新的公众号，水着群。

正专心致志地刷手机时，我旁边一个戴口罩的女生忽然把头凑了过来，示意我看前方。我有点疑惑，但还是随着她的眼神望了过去，只见一个穿着黑色风衣、个头比较高的中年男子背对着我们。

我不解：是要让我让座吗？可是我旁边没有孕妇或者小孩。还是说那个男子是个小偷？可是周围几个人的包都好好的，他也没什么偷窃的动作。

我以疑惑的眼神望向旁边的女生。

她戴着口罩，并没有跟我直接对话，而是拿出手机在微信对话框上打出一行字：前面穿黑色风衣的男子，是个色狼。

我大吃一惊，抬头望去，只见他的手一直在前面一个女生的大腿上游走，透过女生的短裙，用一根手指头尝试着抚摩那个女生的大腿，其间还不时地抬头看看周围。

被骚扰的那个女生正在埋头玩手机，可能是心思都在手机上，也可能是那个男子的动作幅度比较小，她并没有感觉到异样。

这是我第一次在公开场合，看到有人明目张胆地摸别人的大腿，着实有些吃惊，大脑一片空白，已经反应不出应该做什么。跟我一起的同事看着我，我用眼神示意她那边的情况，同事看到了之后，回应我吃惊的表情。

-2-

以前在手机上看到色狼、小偷之类的消息，第一反应就是跟武侠小说里一样，三下五除二，把他好好教训一顿。

后来慢慢长大了，也明白这种行为的不可能性，想着身边如果发生了此类事件，要用机智的方法解决。比如上前把她拉开，装作好久不见的熟人，说一句：某某，好久不见，想死你了；或者是故意走过去，把他们撞开。

可是当事情真实发生在你的眼前时，你却不知道应该如何是好。

正好这时候，地铁到站停了下来，由于速度的冲击，这个女生也感觉到了不对劲，抬起头怀疑似的看向四周，跟我一起的同事一把把她拉了过来，拉到了前面刚腾出的空位子上，自己也离开了那个是非之地。

地铁门打开之后，一群人蜂拥而上，很快就填满了原本比较空的地方，那个黑风衣男子也在人群中推推搡搡，消失了踪影。

一切都好像没发生过一样，留给我们的除了震惊，似乎无他，只是那个女孩，不知她心理的阴影要如何消除。

旁边的女生再次给我看了她的手机，上面是一段小视频，打着一行文字：没拍到脸，看着人模狗样的。

我哑然，不知道能说些什么。

-3-

我不知道有多少姑娘跟我一样，一个人背井离乡、出门打拼，无数次自我怀疑、无数次自我摧毁，然后再给自己打满鸡血、满血复活。

可是即便这样，生活也未必回报给你微笑。你可能依然要面对满满的恶意、心怀叵测的行为，要一个人独自去面对来自社会的恶意以及同类的敌意。

记得以前还在绍兴工作的时候，住的是公寓式宿舍，跟读大学时的宿舍有点相似，一层楼里有几十个房间。不同的是，里面是我一个人住，而不是好几个人，就跟现在的经济型酒店有点像。

一个人住的时候，平常很小心。上电梯的时候会注意有没有人跟着，按电梯也会按两层，进门第一件事就是反锁门，阳台的落地窗睡觉前一定会锁紧。

可是即便这样，仍然会有很多让你心惊胆战的“小意外”。

记得有一次在房间里，听到有人敲门，很响的敲门声，我问是谁，却没有人应答，从猫眼里也看不到任何人影。

惶恐之下，问了一同进公司、一起住宿舍的另外一个女同事，结果发现她也经常半夜无端被人敲门。

将此事反映给负责治安的同事，结果一群人商量后给我们的答复是：可能是有人走错楼层敲错门了，你们别多想，不过还是叫保安加强了巡逻。

一群大老爷们儿当然不会懂得两个女生独居时的小心翼翼，也不会设身处地去为她们着想，只想着敷衍了事，好向领导交差。

－4－

这样的事情发生了不止一次，记得还有一次自己在寝室里看电视，忽然听到了门外有人拿钥匙开我房门。

第一反应是跑过去，大声问道你是谁，是不是走错门了，但是对方好像并没有停止的意思，依然在拿钥匙试图开门。

我才反应过来立马把门反锁，因为门反锁的声音比较大，可能对方也察觉到了，然后就走了。

我不知道对方是无意走错楼梯了，还是居心叵测故意为之。但是这两件事都给我留下了不小的心理阴影，独居的时候总是再三检查门窗和反锁，住酒店的时候总要将椅子挡在门口。

也曾听室友说过，出门的时候被人跟踪，在荒郊野外被吓得半死。以前在网上总看到什么少女或者女大学生离奇失踪的事件，觉得这种事情离自己比较远，自己比较幸运，不会遇到这种事情。

可是当很多事情真的发生在自己身上，或者差点发生在自己身上的时候，才体会到那种震惊和恐惧。

—5—

出门在外的我们都学会了对父母“报喜不报忧”，总是在父母面前展示自己生活色彩斑斓的一面，总是告诉父母自己生活得很好，工作也很好。

因此，真心为父母考虑，我们要做的第一件事就是照顾好自己。

照顾好自己的身体，感冒了就去吃药，工作累了就去休息，情绪不稳定就去看几部喜剧电影。

保护好自己的安全，不要随意给别人留自己的电话号码和家庭住址，出门在外多留意周围的人，保管好自己的财物。

不论是财物还是人身安全，都别让自己处于一个被动的位置。

我知道很多人会跟我说，社会应该加强治安以及这方面的教育宣传，从根本上解决问题。

但这些都是从宏观角度来判断的，作为一个个体，我们目前的能力是极其有限的，还是先保护、照顾好自己，才是最重要的。而身为一个女性，在体力方面处于劣势，出门在外得更加小心才是。

防火防盗防色狼，一样都不能少。

长得瘦的女人
都不简单

-1-

周末逛街回来，累得要死，躺床上动都不想动，刷了半个小时的手机，跟爸妈视频了半个小时，又磨叽了一会儿。然后才慢慢悠悠从床上艰难地爬起来，洗衣服、收拾房间、打开电脑排版明天的文章。

一回头，只见室友在自己的床上认真地做起了俯卧撑，嘴里还念叨着“十个，十一个”。完了之后就坐起来，挺直身子，往左边弯做伸展，不知道做了多少个又开始往右边做，然后开始拉伸自己的腿。

我慢悠悠回了一句：果然是长得瘦的女人都不简单。然后得到了一个轻蔑的斜眼。

有一次跟茹果探讨人的长相跟性格的关系，茹果跟我说：古往今来，长得瘦的女人都不简单，不要小看她们。

我当时想：什么逻辑啊，我长得也很瘦嘛，我怎么就看起来没不简单呢？

茹果懒得理我，甩了一句：你那是营养不良，跟长得瘦不沾边。

-2-

以前只是觉得长得瘦的女人，个子再稍微高一点，会给人一种高挑、干练的感觉，但再怎么想也跟性格、生活没什么关系。

直到我认识了现在的室友。

她比我小两岁，第一次见面就给人一种特别干练、稳重的感觉，而且气场特别强大，让你不由自主地有一种敬畏感。

你很难将她现在的稳重、干练和一个22岁的姑娘联系起来，不论是见识还是能力，都足以将同龄人甩十几条街了。

我最开始只是以为工作久了训练出来的，但是接触久了才发现，事情没有那么简单。有工作经验的很多，但是气场能这么强大的，还真不多。

直到后来，相处久了，才慢慢得出了答案。

-3-

她为了保持自己的身材和体重，很少吃大鱼大肉；每周都会刻意吃一次素食；晚饭会将很多水果按照食谱煮一下，这样既没有过多的热量，营养也够了。

每天晚上睡觉前都会做适量的运动，一来消耗热量，二来可以矫正自己的体形。前几天还拉着我去附近的健身房报班。

周末没事的话，就站直了身子，然后靠着墙，一边矫正身材，一边看书。

为了让自己的嗓音足够好听，据说以前还专门找过老师去学发音和说话，听她的语音，你会误以为手机那边的是一个经验丰富的老师或者主持人。

为了让自己更好看、更有亲和力，前几天一个人去医院割了双眼皮。

她有自己的目标和前进方向，并且能为此付出努力且持之以恒。这是很多人都想做，但是却鲜有变成现实的。

-4-

我认识很多姑娘，包括自己在内，每天嘴上喊着减肥，可是一到了商场，闻着那些飘来的香喷喷的美食味道，之前给自己订的计划完全都抛之脑后了。还一边吃，一边安慰自己：吃饱了才有力气减肥嘛。

每次称体重的时候，都恨不得将自己的脚或者手剁下来一只，难过得哭天喊地。可是早上想出去跑步，又舍不得自己舒服的被窝，想了想，靠锻炼减肥是不可能的了，还是下一顿少吃点吧。

明知道自己某一方面有欠缺，某一方面需要补充，可是宁愿错过一次又一次的机会，也不愿意花时间和精力去做这些事。

明明今天晚上有很多事情要干，周末还有很多deadline要完成，可是好友的一个电话，或者新上映的一部电影，就足以将全盘计划打乱。

这些，看起来都是小事，可是凑在一起，那就不叫小事了。那叫你的生活，你的性格，你的命运。

之前在朋友圈看到这样一句话：每个人都在问，如何在一个行业里站住脚，如何能让公司的老板看得起自己，如何能跟同事和平相处，如何能够升职加薪。却很少有人问：如何将一个自己正在坚持的好习惯多坚持一会儿，如何将手里的小事做到完美，如何去把最烦琐的一份报表做到简单易懂。

社会大环境的压力让年轻人把焦虑都放到眼前无法回答的事上了。大到如何才能买房买车，能否在某公司、某行业、某城市待下去；小至工资，花呗信用卡账单等问题。却没有人担心为什么PPT做得这么难看，为什么你写的文章阅读量低迷，为什么你打10个电话问到的信息不如人家的10分钟。

你不是彷徨又迷茫，是想得美、做得少还心高气傲不张嘴，活该你一无所有、毫无长进，这锅学校和公司都不帮你背。

听起来虽然鸡汤，但确是事实，很讽刺。我们都想行万里路，却很少想着先把脚底下这一段走完、走好。

—5—

长得瘦的女人真的很可怕。

她们能明确地知道自己想要什么。不是人云亦云地梦想和生活，不是迷茫而不知所措地随便选择，能根据自己的现状和性格，分析出最适合自己以及最想要的生活。

她们敢让自己下狠功夫。之前看到一句话：美女都是狠角色，她们不仅知道自己想要什么，并且敢于为自己想要的创造条件，然后下功夫，一步一步靠近它。

她们还能坚持。坚持是一个从小到大被说滥了的词，可是真正能坚持下来的又有几人。将一个简单的甩手臂动作坚持一个月和坚持一年完全是一件不可同日而语的事情。能将一件简单的事情坚持下去，本来就是一件值得敬佩的事情，更别提有目标、有计划地坚持了。

她们有自制力。目标、努力、坚持你都有了，我们来谈谈自制力。我们都是吃五谷杂粮、活在红尘俗世、有着欲望需求的，可是，我们却要经常去跟自己的原始欲望对抗，给自己设置一些条框跟要求来约束自己。

能明白自己的需求，并且能克制住欲望，本身就是一件值得敬佩的事情。而能忍住眼前的诱惑，为了长久想要的东西，放弃目前最喜欢的，很多人都有这种意识，但是很少有人能做到并且坚持下去。

所以说，长得瘦的女人都不简单。

那些从小就经历家暴的孩子，后来都怎么样了

-1-

春节回家，听说表妹瓶子要结婚了。因为要赶回来上班，我没来得及参加婚礼。不过听父母说，虽然算不上有多大气，但也算风光体面。

在外人眼里，看起来确实是一家团圆、幸福快乐，但是我却懂得其中的曲折。瓶子是1995年出生的，从小就跟我黏在一起，一起把爷爷家的炕给弄坏，一起去别人家的地里偷葡萄，一起被村头的疯子打。虽然算不上亲密无间，但是也姐妹情深，看到她现在这个样子，我也只能长叹一口气。

因为这个婚礼是瓶子的二婚，就在结婚前的一个月，她才跟前夫拖拖拉拉将离婚手续办完，因为跟现任的孩子已经出生，所以没办法，得立即举行婚礼。

我能明白这其中的狗血之处，也十分痛恨表妹的不自爱，但是却从

心底深处怜惜她。

我记得很小的时候，有一次小姑他们一家来我们家做客吃饭，一家人其乐融融。但是吃完饭，中间不知道因为什么，表妹顶撞了小姑几句，小姑二话不说，一个巴掌就上去了。

表妹不肯服输，不肯听小姑的，小姑就继续打，抓着表妹的头发，一直从家的最里面，连打带骂拽到大门口。我家是农村传统的房屋，走廊很长，就在那么长的距离上，小姑将表妹从最里面打到最外面，一边打还一边说：让你不听话，让你不听话。

因为年纪小，表妹无法还手，也没有办法挣脱，只能任其拖着拽着，一边哭一边骂回去。

我在旁边看得触目惊心、目瞪口呆，压根儿都不敢上前拦一步。周围的亲戚，该抽烟抽烟、该打牌打牌，就跟什么都没发生一样。一个阿姨看着我害怕的眼神说：你看你小姑多厉害，你妈妈都没这么打过你吧，要听话。

-2-

在小姑他们眼里，孩子就是要乖巧听话，不能有任何违逆父母的言语和举动。一旦不乖，就立马开始采取暴力措施，让孩子完全听从自己的安排。

可是，这样的弊端是：**幼小的孩子，因为力量的弱小，无法反抗，**

只能默默承受这一切。但是等到成年之后，就会立马想办法反抗，不肯听从父母的任何建议和安排，不愿意向父母妥协。这个时候，父母再想采取暴力措施干预孩子的生活，已经是无能为力了。

还有一个问题是：安全感的缺失。这样的孩子，成人后会恐惧亲密关系，严重缺乏安全感。

所以当表妹遇到她的第一任男朋友时，不论从什么角度看，他们其实都是不合适的。成长环境不同，没有共同语言，因为地域原因，将来在一起的可能性也不大。但表妹还是毅然决然地跟他在一起，只是单纯因为“他对她好”。

就是那一种天冷时会送一件外套，平常微信里的甜言蜜语，还有对未来的承诺。但是究竟是真心还是套路，我不得而知。只是隐约记得新婚不久的表妹，曾隐晦向我提出借钱的请求，想多买几件衣服。

父母不同意她的初恋，想出面干预，并且找了包括我在内的很多说客。但是话还没开始讲，她就有很严重的抵抗情绪，表示非要跟他在一起。潜意识里是：父母越是不让她这么做，她偏要这么做。一方面，她要对父母从小到大对自己生活的控制，进行反抗；另一方面，是要从另一半身上寻找缺失的安全感。

后来，即使父母死活不同意，她还是偷了身份证和户口本与初恋在一起了。婚后的生活具体不知，只是不到两年，就第二次踏入婚姻的殿堂，还有一个小孩。

我曾经责怪过她对自己的不自爱，对生活的不负责。可是后来也暗自惋惜，这也不全是她的责任。**原生家庭对她的生活产生了太大的影响，从小到大，父母对她的家暴干预，才导致她对父母的叛逆以及安全感的严重缺失。这些，她都没有意识到，也没办法进行自我拯救，于是只能在生活的泥潭里继续深陷**。

-3-

从小经历过家暴的孩子，长大后会怎样？我觉得我完全有资格来回答这个问题。但是接下来的家暴，不是针对孩子，而是针对夫妻。

前一段时间跟一个朋友冷战，只是因为她几天没回我微信，我就把她拉黑了。因为关系很不错，这么做我也很难过，但我就是不明白自己为什么这么做，后来就找了一个心理咨询师朋友帮我分析。

因为这样的事情发生了不止一次。我高中的时候，因为一个关系很好的朋友对我开了一句玩笑话，我后来就再也没有理过她，直到把亲密无间当成了点赞之交。再后来，我还是跟一个关系不错的朋友，因为一两句话冷战了半年，平常即使见面，也不打招呼。

因为这样的事情发生得太多了，所以我决定找专业人士帮我分析。一切还是要回归到原生家庭。

我的爸爸是一个很爱我、对我也很好的人，但他有很严重的家暴倾向，不是对我，而是对我妈妈。

我现在还能记得在很小的时候，有一次不知道因为什么问题他们起了争执，爸爸直接就将一个陶瓷碗冲着妈妈甩了过去，血立马就从妈妈的头上流了出来。大夏天，妈妈随手拿了一个深色的帽子，捂着头，带着我去了附近的诊所。

我年纪太小，虽然痛恨爸爸的做法，但是却也不敢当面指出来，因为怕他也打我。

虽然他不像小姑那样有那么严重的家暴倾向，但是由于我的一两次顶嘴，或者是不听话，也确实狠狠教训过我。虽然我知道那样不对，但是却也不敢当面指出来。

长期生活在这样的家庭里，我有一个严重的缺点——对亲密关系不信任。**在我幼小的心灵里，父母是我最亲近、最信任的人，他们都可以互相伤害，那这个世界上还有什么人可以信任**。所以即使有朋友对我袒露心扉，即使跟一些朋友认识了好几年，我都没有办法做到相信他们，因为我觉得：关系越是亲密，伤害就越大。

所以永远都跟别人保持着不远不近的距离，永远把什么话都藏在心里，因为那样最安全。

-4-

武志红的《为何家会伤人》中有这样一个观点：**幼小的孩子，总以为自己的力量是无穷的，总想靠自己的能力去改变父母**。**他们总觉得，父母的关系变成这样，都是自己的错**。

所以想通过变乖、变懂事，去讨好父母，博得父母的关注和这个家的和平。正如《无声告白》里的莉迪亚——那个为了母亲开心、父亲快乐，牺牲掉了自己所有需求，最后被逼死的小孩。

在这样的家庭里成长的小孩，容易自责，严重缺乏自信。

有什么问题，总会想是不是自己做错了什么，才导致这样；朋友今天心情不好，是不是自己昨天说错了话，是不是她忽然不喜欢我了。

会将所有问题全部归咎在自己身上，而意识不到，其实大家都有各种各样的情绪和问题，别人只是因为那天有其他事情忽略了自己。而在自己这里，就成了过不去的大山：她不喜欢我了。

因为缺乏足够的自信，也不敢去跟别人主动沟通问题的核心所在，所以只能选择切断联系来保护自己。

我们都知道，原生家庭对个人的成长有着极其重要的影响。但是在后天的成长以及学习中，有的人意识到了这一点，一直在做自我拯救；有的人却仍然无法摆脱它的影响，重复父辈的悲剧。

而对于我们，要尽快通过反思自己和后天学习，让自己的心智成熟、人格健全。更重要的是：我们也是以后我们孩子的原生家庭，我们没有拥有一个温暖健康的家庭，但是请尽力给孩子们一个幸福的童年。

part 5

珍惜生命里，
那些一直陪在你身边的人

我妈总觉得
我进传销组织了

龙应台在《目送》里说过，所谓父女母子一场，只不过意味着，你和他的缘分就是今生今世不断地在目送他的背影渐行渐远。你站在小路的这一端，看着他逐渐消失在小路转弯的地方，而且，他用背影告诉你，不用追。

听起来很残忍，可这就是事实。长大以后，才渐渐明白，对于父母，我们实际有多无情、多冷血。

朋友圈有这样一句话：**你总是把最坏的脾气留给了最亲的人**。而承受这一切，最多的莫过于父母。

我们在时光里说着感恩，可是在行动上却一再辜负。

-1-

昨天晚上当我还在跟书友们一起读书的时候，母亲的视频邀请发送了过来。我思考了一下，接通了，简短地说了几句：我在忙，等会儿给你回过去。

手机屏幕上的母亲立马摇手说道：你忙吧你忙吧，我只是没事闹着玩儿呢。

我知道母亲是想我了，这是她的表达方式，永远都是：你做你开心的就好，不用顾及我，我只是看看你。

自从去年给母亲换了手机，她开始玩微信之后，总是隔三岔五发个微信视频过来。一是因为视频可以看到人，她能看到我在这边跟她讲话；二是她知道微信视频是不花钱的，老一辈的心里仍然还想着：长途电话可费钱了呢，虽然我每一次都是挂掉了再打回去。

母亲心里记挂儿女，但是又不会明显地表露出来，只是以她的方式说着：我想你了，你还好吗？

-2-

晚上跟母亲通话的时候，我犹豫了一下，还是跟她“告知”了这件事情：我换工作了，不在以前的单位上班了。

母亲最开始的反应是：哦，你换工作了，好了就好，你自己开心就好，不用跟我讲。她总是不把自己划归到儿女的考虑范围之内，不想因为自己让儿女添麻烦，有顾忌。

此外，儿女的事情已经逐渐不在自己的认知范围了，她不太懂，也不能帮上什么忙，最后只能无奈地说：你自己考虑好，你自己开心就好。

后来慢慢聊着，母亲开始问起来：你都换了一个月了，那你刚换的时候怎么不告诉我呀，你让我给你操点心不好吗？

你做什么工作啊？跟微信有关是什么工作？你在上海有熟人吗？你以前的同学都不在上海啊？

对了，你不会进了传销组织吧。

此处一个“生无可恋”的表情。前面的问题我一一耐心解释完，最后一个问题，我真的不会了。

-3-

在父母那一辈人眼中，传销大概是最恐怖的骗局了吧。

听说人一旦进入传销组织里，就会被洗脑，每天从早到晚上课，给他们灌输快速成功赚钱之道，然后再让他们去骗亲戚好友的钱。

而关于传销，最经常说的一句话是：一旦进入传销，就再也出不来了。

小的时候，听说村子里一个比我大几岁的哥哥，因为外出打工被骗到传销组织里去了，后来还是这边的父母说带钱过去，然后叫上了这边派出所的警察，一到火车站就把人给绑了回来才罢休。

而那个哥哥后来也一直神神道道的，总是一副不正经的样子，听说还经常拿自己的“宝贝”给不谙世事的小女孩看。

在父母眼里，没有比传销更恐怖的事情了，他们大抵还不知道这世间，比传销更让人匪夷所思的骗局多了去了。而在他们的认知范围内，孩子一旦出了家门，坐上火车去了那个遥远的、他们只在电视上见过的城市，就不在自己力所能及的范围之内了。

他们不知道孩子今天干了什么；不知道孩子又遇到了什么人；不知道孩子什么时候会回来，大约在中秋，大约在年底。

而他们更担心的是，我的孩子在外面会不会受委屈，会不会上当受骗。每一个要去的新公司，他们总要排除是传销公司的可能性。

末了，母亲讪讪地说道：是你上班又不是我上班，开不开心只有你知道，你自己看就是喽。

—4—

昨天无意间看到这两句话：

小时候，我们敢对父母说话吗？他们让我们做什么，我们都不敢吭声，立马执行。可是现在，我们长大了、独立了，倒成了他们在我们面前小心翼翼、不敢吱声了。

其实只是因为他们觉得自己已经老了，无力再保护我们，害怕失去我们对他们的依赖，从而转身依赖我们。

看到这两句话，想了很久。

身为儿女的我们，一心想要自己生活得舒服自在，一心想要去“读万卷书，行万里路”，可是连自己父母小心翼翼的感受都顾及不到，连他们那一点点的想法都满足不了。

我们对外标榜“要高效率做事情，今天的事情不能拖到明天，早起一天的效率有多高”，可唯独对于父母，我们是一拖再拖，永远没有最后期限。

因为我们内心深处觉得：他们会一直站在原地等我们，等我们事业顺了，等我们生活好了，等我们有空了，到时候再去看他们。

可是什么时候我们才会有空呢？什么时候我们的生活才能好起来呢？

—5—

上次跟一位老师谈话，他说：我觉得父母和家庭，远比事业重要。事业固然重要，年轻固然要奋斗，可是父母和家庭应该永远是你心里的软肋和铠甲，是你最应该珍惜的部分。

一个成功的人，如果连自己的父母、儿女和家庭都顾及不到，那就是“伪成功”。

我知道，现在的社会弥漫的都是：何以解忧，唯有暴富；现在只有钱能使我快乐，恋爱算什么，我现在只想赚钱。

这些看似搞笑实则无奈的段子，背后隐藏的却是我们的价值观和人生追求。

我没有说爱钱不好，因为我自己本身也是一个小财迷，想要好好赚钱，步入小康。但是在赚钱奋斗的同时，我们不能忽略身后那一对渐渐佝偻的老人。我们可能一天比一天朝气蓬勃，而他们却一天比一天衰老。

我们经常会感到寂寞空虚冷，同样，他们也有情感需要，只不过他们很少说出来，只是偶尔幻想我们能发现。

最遗憾的莫过于，等到有一天，午夜惊醒，你在梦里梦到的那个最亲的人，他跟你说话、给你做饭，然后听你抱怨。醒来之后，你才发现早已时过境迁，你想要的机会可能再也不会有了。你想要去跟他讲今天发生了什么事，想去跟他说你想他了，可是已经没机会了。

不需要你大声说出你的爱，也不需要今天回家就去给爸妈洗脚，最重要的是：把他们放在你的心上。

把父母放在你的心上，平常做事说话就会考虑到他们，也会想着自己玩嗨的同时回去打一个电话，生活不开心他们帮不上忙也会跟他们讲讲，让他们一直在我们的生活里，我们也一直在他们的爱里。

把父母放在心上，才是最大的孝顺。

她说：你的衣服我一件也没有见过

-1-

懒洋洋地倚在高铁的座位上，看着急速后退的风景，心里感叹了一声：终于可以回家了。

在外漂泊打拼了一年，终于可以回家和父母团聚，吃顿团圆饭、听听他们的唠叨，也跟他们说一说自己一年的收获与感受，内心满是欢喜。

昨天和舍友收拾东西的时候，看着床上乱七八糟没来得及整理的衣服，舍友冲我幽幽地说了一句：回去我妈肯定又要说，你买的衣服，我一件都没有见过。

你买的衣服，我一件都没有见过。

我“噗”的一下笑了起来，怎么跟我妈说的话一模一样。我眼前浮现出我妈一边翻着我的行李箱，一边嘟囔着的场景：你这次回来拿的衣服我都没有见过，你这件衣服挺好看的，在哪里买的呀？多少钱？

你没法跟她解释这件衣服是在哪家商场买的，因为她不知道那家商场。你也不能跟她说多少钱，即使是打过折的，她也会觉得贵得无法想象，就是一件衣服而已，为什么会那么贵。

想到母亲的表情，既难过又心酸。我们和父母的距离终于越来越远，远到我们穿的衣服，他们从来都没见过。

—2—

小时候，穿的每一件衣服，外套、夹克、裤子、运动鞋都是母亲帮我买的。

她总是拉着我，从街道这边的第一家店逛到最后一家，从吃完早饭逛到衣服店都要打烊收工，然后才带着我，拎着大包小包心满意足地回家。

在回家的路上，还不忘考考我的数学，她在自行车前面报每件衣服的价钱，我坐在后面默默计算一共花了多少钱。

然后就听到母亲重重的一声叹息。

母亲很会跟人砍价，跟所有市井乡村的小妇女一样，买衣服总要还半天价，跟店员争得面红耳赤，直到还到了自己心仪的价格之后，才心满意足地离开。走的时候还不忘嘚瑟：你看看，这件衣服本来一百块钱，我现在买到手只要四十块钱，你还不让我还价，你个傻孩子。

幼小的我不懂得还那么多价格的意义，也没法跟父母去说应该把时间花在有意义的事情上，只是觉得母亲买一件衣服要好久，跟母亲买衣服好麻烦、好无聊。

却不知，不当家不知柴米油盐贵。

-3-

小时候的每一件衣服都是妈妈陪着买的，她总是根据自己的眼光和审美，将我们打扮得漂漂亮亮地去上学、去玩耍。

那个时候，我们生活中的大部分时间也都是陪在父母身边的，早上起来帮我们穿好衣服，送我们去上学，晚上接我们回家，洗掉一天的脏衣服。

他们看着我们一点点长高、长大，刚买的衣服就不能穿了，鞋子很快就穿破了，新衣服逐渐变成了旧衣服。

直到后来，我们离开了家。

父母一年才能见我们一面，跟我们对话从来都是在电话里：你吃了没，今天吃的什么呀？今天有上班吗？这个周末去哪里玩了吗？这个月工资发了吗？

重复的话题，不知道说什么的空白。其实在父母那里就是一句话：

我想你了。

你穿的衣服我都没见过，那不是我和你一起挑的。

你朋友圈的那些人我也都没见过，是你的同事还是你的大学同学呢？

你上周末去的景点我只在电视里见过，你好像又长高了。

虽然我们之间的距离变得越来越远，虽然我们之间的话题越来越少，但是我还是想你的。

只是我们之间，最终还是变得越来越陌生。不论是城市之间的距离，还是心的隔阂，仿佛就剩下了每年的一两次见面。

他们用前二十年养育我们，却要用后半生来重新了解和想念我们。

-4-

我们在外面的世界肆意潇洒，扬言要过我们想过的生活。而父母却只能在朋友圈里看我们发的动态，知道我们发生了什么事。甚至有时候，我们留给他们的只是一条横线。

自从换了工作，我妈妈就一直担心我被骗到了传销组织，一天有三次都要问我：你在哪里工作？你做的是什么工作呀？你把你单位的具体地址发给我好不好？你自己在外面小心点，别被人骗到传销里面去。

我很无语，不知道怎么回答，没办法跟她解释什么是新媒体，也说不清楚我的工作具体是做什么的。于是就推送给了她一个我自己运营的公司的公众号，然后跟她说：你看这个公众号，这里的每一篇文章都是我排版、编辑推送的，你看着它就知道我在做什么了。

从那天以后，只要我一推送文章，我妈就会把推送的文章全部转发到自己的朋友圈，每天如此，从来没间断。于是，一打开我妈的朋友圈，全是我公众号的文章，没有一条是自己的照片或者动态。

我曾经跟她说过：不用每篇都转发的，自己看看就好了，我只是想让你了解我在做什么。

我妈说：那我就是愿意呀，我喜欢转发到朋友圈，让大家看看不是更好吗？对了，你需要点赞吗？我看很多人都在朋友圈请求点赞。

我心里想，幸亏没让她关注我个人的公众号，不然还不得天天给我做思想工作。

所谓亲情，大抵都是如此吧，即使可能被辜负、得不到回报，但是却一如既往地付出，无怨无悔。

而儿女所能做的，就是快点让自己成长的速度超过父母老去的速度，尽早尽一份孝心吧。

最重要的是：回家过年一定要克制、再克制，少跟父母吵架。即使观念理念不合，也别一直教育老人家，大过年的，都要阖家欢乐、开开心心。

那个第一时间
送你红秋裤的人

-1-

本命年的我，经常会在洗完澡之后，穿着一身大红睡衣往客厅一躺，开始下班后的新生活——写稿。经常被室友吐槽：哎，能不能不要出来吓人，大晚上一身大红色的很恐怖，你不知道吗？

记得年前有一天下班回家，好友圆圆发来一条微信：把你淘宝地址给我。跟她往日作风一样，言简意赅省墨水。

我：哈？

圆圆：红内衣和红杯子，你要哪一个？

我：……为什么没有红秋裤这一选择？我可是个对红秋裤有着谜一样执着的人，尤其是在本命年，怎么可以缺少红秋裤？

圆圆：快点，我要下单了。

我：春节送不可以吗？春节我们不是还要见面的吗？为什么要现在寄过来呀？

圆圆：我们腊月二十七才放假，谁去给你送，难道要等到春节后才送吗？

我：这有什么不可以吗？其实这一句我没说出来，只是默默把地址发给了她，便去忙了。

秉承她一向迅速麻利的做事风格，不肯多说一句废话。我知道，我如果再多说一句话，电话就要打过来了。虽是这样，却让人十分感动。

虽然我总认为世态凉薄，但是总有那么几个故友，让你感到十分暖心、感动，觉得：原来你还在啊。

可能年龄越大，接触的事物越多，反而不像年少时那么喜欢交朋友。而是在刻意限制进入自己生命中的人，只要能跟固定的几个朋友时常保持联系，说一说话，就觉得十分满足了。

再无精力与心思去经营一份新的好友关系，因为不论是对于自己，还是对于别人，都是在消耗能量，还不如各自保存精力去做其他事情。

-2-

Y是我高三时的同桌，虽然只认识了一年，但是这份关系却维持了很久。即便后来各自天南地北，半个月打一次电话，也不觉生疏。

当然，这有一大部分功劳归功于她。无论是友情还是爱情，总有一方付出得多，一方付出得少。

我一直是一个比较懒的人，懒得去联系别人，懒得去记很多东西，其实很多事情都在心里，却是一直迟迟没有做。虽然知道不好，但却一直改不过来。

而Y则在这段关系里扮演着比较主动的角色，打电话问问状况、约约周末去哪里玩、假期怎么安排，然后商量之下，做一个安排。其实大部分时候都是她安排，我只是背一个包就走了。

被偏爱的总是有恃无恐，大抵说的就是这样吧。大学四年，跟着她，最起码把西安周边大小的山都爬遍了。

-3-

记得有一次我们去秦岭周边爬山，青山绿水，偶尔还能看到跳跃在山林之中的野生动物，甚是惬意。

那一天是周末，我们下山已经晚上八点多了，本来打算在那边住一晚，却发现周末游玩的游客过多，于是景区又多加了几班车，把游客送往西安市内，这样我们便坐上了最后一班回西安的班车。

上车时已经九点多了，爬了一天的山，身体几乎累瘫，虽然车上没那么挤，但是也没有多余的空位。我们两个犹豫了半天，想着这趟车是从郊区直接发到西安市内，中间不会停站，于是索性便把包里白天用来打牌的床单铺到了司机旁边的大片空地上，坐着歇了下来。

人要是累到了一定程度，真的是什么事情都可以干得出来。一辆高速行驶的公交车上，两个女生在车头铺了一个床单，毫不顾忌周围人诧异的眼光，就睡了过去，直到终点站。

司机看着我们，笑了笑，因为知道是太累了，其他人则诧异居然可以这么做。不过诧异之余，应该还是有几分羡慕的。

都说旅行是检验一段感情是不是能良好维持的有效办法。我们在一起也算是爬遍了西安的大山小山吧，再加上一起干过比较不合常理的事情，所以关系反而不曾疏远。

-4-

我跟Y虽然都是比较积极、爱闹的女生，但是她却比我更喜欢关心人。

高三本来就是一个很敏感的时期，再加上那个时候换了新班级，以及自己生活中的很多事情，所以情绪格外不稳定。

因为我是一个人在外面自己租房住，之前应一个女同学的请求跟她合租，但是等把全部东西搬过去的时候，她却变卦了，理由是：她妈妈觉得多一个人会影响她的成绩。

当时我都要气炸了，那你为什么不早说，等到我把全部东西搬过去才告诉你妈你要跟别人合租，而且你还做不了决定。可我还是默默把东西搬回了新地方，想着就算了吧，大不了以后不来往了。

但是Y咽不下这口气。晚自习的时候，一个人去隔壁班把那个女生痛骂了一顿，要不是那个班主任进来，估计她的巴掌都要上去伺候了。

虽然现在看来，可能就是青春期的矫情感伤作祟，为赋新词强说愁。但是在那个时候，敢于和你一起并肩作战，甚至去为你出气，是让人十分感动的事情。

有一种关系是刚开始很亲密，但是随着日后的很多事情或者是摩擦，反而让双方越来越疲惫。

有一种关系是刚认识时并没有多么亲密，但是随着时间以及很多事情，发现彼此在很多问题上都很合得来，不论是兴趣爱好还是旅行习惯，于是感情慢慢升温，虽然不黏人，但是却很珍贵。

我们之间是后者。只是一直以来都是她照顾我多一些，我却总是很少顾及到她，很是惭愧。

嘴里说着感谢她，可是昨天是她的生日，我却没记住，真是该死。其实我知道是哪一天，可是太忙，错过了。一个连买回家车票都能忘记的人，还有什么不能忘记的呢？

回不去的过去，道不完的遗憾

-1-

昨天，有许久未见面的朋友过来做客。吃完晚饭，闲来无事，于是跟朋友还有邻居家的小叔叔几个人搓起麻将来。

搓麻将，输输赢赢、笑笑乐乐，有人一心系在输赢，赢了开心得合不拢嘴，一张牌没打好就哭丧着脸。有人游戏人生，只是为了打发时间，或者是大家聚聚而已。

牌桌上也是一个小世界，只是鲜有人去观察而已。

邻居家的小叔叔是我爷爷的弟弟的儿子，是冲着赢钱来的，想在过年时节趁着大家都在捞点零花钱，所以自己本身对输赢也就看得比较重，一场下来，要立刻结清，才能进行下一场。

中间唠家常，说起了小时候一起打牌的经历，谁谁打牌输了就要哭鼻子，谁谁喜欢赖账，谁谁手气一直比较好。这样的场景，让我回想起了一些很久远的故事。

-2-

记得以前过年回家的时候，到了大年初三，姑父姑母就会来家里做客。茶余饭后之际，一群人就在家里打麻将。

那个时候打麻将，都是两三块的，一桌下来，输赢就在十几块钱左右。十几岁的我，刚学会打麻将，对于对面的姑母和我旁边的父亲这样的老江湖，压根儿没什么概念，只凭着感觉出牌。

一圈下来，父亲的脸都黑了，姑母则在旁边哈哈大笑。这时旁边的人才说道："你爸已经让了你很多次了，你都不知道察言观色，一直凭着自己的感觉打。你爸想收你的牌，但是觉得赢自己的女儿，没什么意思；不收吧，你还一直打。"

姑母在旁边哈哈大笑，父亲则在旁边抽了一口烟，叹了一口气，我呢，则吐了吐舌头。

每一次打麻将都是这样，由于我不按规矩来，父亲总会输给我姑母不少钱，而我姑母走时则会把这些钱当作压岁钱给我。

虽然都是一些很久远的事情，但是那些平凡的琐事，却成了我最珍贵的记忆，也是回不去的往事。

—3—

后来的父亲，已经不能再陪我打麻将了，他生了重病，整个人变得瘦骨嶙峋。

父亲生了重病，家里也没有钱可以治病，只能过一天算一天。后来的父亲，脾气已经变得暴躁无比，经常骂人，但是却还经常惦记着我上学是不是太累了，要不要回来歇一歇？趁着他还在，还能陪我们打麻将。

只是，那个时候我已经不能再陪他打麻将了。一是学业太重；二是担心他的身体。

重病的父亲，挺着水肿的大肚子，经常在村子里转悠，只想多看看这个祖祖辈辈待过的地方。不懂事的小孩子还嘲笑："你看某某他爸，肚子怎么跟怀了孕的妈妈一样！"

父亲有气无力地笑着，我却不知道该怎么安慰他。有些时候，你明知道一些事情要来到，却无法去改变它，只能接受这个结果。

当时对打牌这些琐事并不十分在意，然而数十年后，再回想起这些事，想着父亲重病在身，还能忍受着巨大的痛苦，跟我一起打牌，最后留给我一些陪伴和记忆，心中满是感动和悲痛。

只是，我再也没有报答他的机会了。有时候午夜梦回之际，还觉得父亲就站在我的旁边，跟我说：“孩子，你别太累了，工作要适当，累了就多歇歇。”每每从梦中醒来，我就泣不成声。

-4-

父亲一直很爱我，即便他脾气暴躁，即便他有时候不懂得如何与我沟通，但是他依然以他的方式爱着我，陪着我长大。

记得更小的时候，差不多是读小学三年级，学校每年都要组织学生做一次体检。说是去体验，在我们看来，也不过是称称体重、量量身高之类的。

更重要的是，也不知道是什么原因，每年体检的时候，家长都会给点零花钱，让我们体检那天去买点吃的。没什么根据，也没什么特殊的原因，可能是大家都买吧，久而久之，我们也就养成了这一天会吃零食的习惯。

所以特别期待每年体检那一天，因为有零花钱。

那个时候，一毛钱可以买两块薄荷糖、一毛钱一根冰棍、一毛钱一块辣片、五毛钱一个大雪糕。

一块钱在我们的眼里，基本是巨款一样的存在。

记得有一年体检的时候，我本来是带着一块钱去的，临走的时候，父亲路过学校来看我。

同学说：你父亲来了。小孩子们跟看到了稀奇古怪的动物一样，都好奇地看着我的父亲。阳光下的父亲特别帅气高大，很亲切，跟后来记忆中的父亲完全不一样。

父亲寒暄了几句，给了我一块钱。

走了几步，回头看了我一眼，然后返回来又给我了一块钱。

没走几步出去，想了想，又从口袋里拿出了两块钱给我。

然后才慢慢离开，临走时，又看了我一眼。

父亲可能想着：体检的时候，不知道中途会看到什么我想要吃的东西，可以有钱买；或者是别人家的小孩都带着钱，起码我也不至于那么丢人；又或者只是单纯地觉得我带着钱，即使丢了也可以坐车回来吧。

毕竟一般体检都是在别的学校。至于父亲真正的意图，我已不得而知。

只是后来的记忆中，那个背影、那个一再返回递给我零钱的人，让我觉得十分感动。

只是不争气的我，回家之前，在路上的小店把钱全部花完了，别人家孩子都是花五毛钱、一块钱，我把四五块钱全部花完了。其实本来还剩点，但是我一直认为体检结束回家，就该把手里所有零钱都花完，于是就在路上最后一家小店，把零钱全部花光了。

回来之后，父亲问我还有多少钱。我说没了，父亲一面心疼钱暴跳

父爱并不只是回忆中的温暖，

还有填不满的遗憾。

如雷的样子，一面又恨铁不成钢克制着自己的情绪，让我哭笑不得。

-5-

父爱跟母爱的不同之处，可能在于，母爱一直存在、一直细腻温柔，融入了生活的每一部分。而父爱，则是在后来的回忆中，才想起曾经有这么一幕，他曾那么爱过你。

只是后来生病的父亲，脾气大不如前，动不动就骂街、摔东西、打母亲，家里再无安宁之日。

而我看不惯他的样子，一直与他作对，每次都对他恶语相向，从不留一点余地。忘了他是即将走到生命尽头的病人，也需要理解和呵护。以至于直到他走时，我都没见他最后一面。而前一晚，我还跟他隔着一道墙壁，隔空对骂到半夜。

所以在我这里，父爱并不只是回忆中的温暖，还有填不满的遗憾。

突然发现想你了

-1-

冷漠久了的人，总是能被一两句简单的问候感动得一塌糊涂；

孤单久了的人，总是能被一个简单的拥抱温暖到泪流满面。

后来因为很多事情，我对周围的人、对整个世界都建起了高高的围墙，充满了质疑和敌对。就跟七堇年在书里写的一样：这么多年，有些事就像一只插销，死死地别在心门上。锈了之后，里面的人打不开，外面的人进不去。

是我，也是你。

周末闲来无事，跟几个室友在家里包饺子，然后选了几张比较好看的图片上传到了朋友圈。毫无意外，收获了大批量的点赞，我的虚荣心得到了大大的满足。

然后收到一条评论：突然发现想你了。

忽然间原本很热闹的情绪瞬间就冷却了下来，我不知道该怎么回答，即使对着冰冷的屏幕，依然手足无措。就像在一群喧闹的人群中，有人过来，静静地看着你说：我想你了。

不分时机，不分场合，也没有寒暄问候。

你深有感触，可是却不知道怎么回答，只是有着深深的无力感和悲凉感。

我发了三个大哭的表情之后，她回复：想念总是在不经意间就突然迸发。

一起烧饭、搓麻将的日子就这么一去不复返了，现在想来，那些晚上走出去吃饭再走回来的日子也是蛮惬意的。

看着屏幕上的文字，在一片嘈杂的声音中忽然就想蹲下来抱住自己痛哭。

很多事情都是，当你在经历的时候觉得甚是平常，也许在一个很久之后不经意的午后，你会发现，忽然十分想念曾经的日子。

—2—

她叫阿婷，是我以前的同事，我们是同时离职的。

她在我前公司待了五年，我毕业刚去绍兴的时候也是她接待的我。

她总是一身长裙，披肩长发，有点俏皮但是又不失优雅得体地从办公室门口飘过，传来一声阴阳怪气的：妞，来得真早。

我没好气地回一句：好好说话。

在绍兴最开心的日子就是一起烧饭、喝酒、打麻将了，因为园区食堂的饭实在不合年轻人的胃口，小镇上仅存的几家饭店也被我们翻了个遍，所以无奈之下只能自己烧饭吃了。

于是开启了我们短暂搭伙过日子的生活。

我们一般在老周的房间里烧饭。老周是我们的主办会计，为人温厚善良，专业水平也很厉害，经常会照顾我们一群小不点。按年龄算的话，老周大学毕业那一年我刚出生。

老周周末回家的时候会把该买的菜买好，周一下班的时候，一群人来到他的房间烧菜，我们最喜欢吃的就是面疙瘩或者面片。

下班之后，我们四五个人一起挤在老周的房间里，我负责和面，老周负责切菜炒菜，另一个同事在隔壁的寝室炒菜，其他人打下手，热闹得不亦乐乎。

经常烧的菜有酱爆茄子、蒜泥生菜、西红柿炒蛋、可乐鸡翅，还有糖醋排骨等，当然，我最拿手的就是凉拌黄瓜了。虽然是一些很平常的菜，可是比起园区食堂的水平，却不知道好了多少倍。

老周是我们里面体形最壮、年龄最大，也是唯一一个愿意带我们玩的男性。饭后，老周把碗一放，说：我去加班了，你们看着办。然后乐呵呵地去加班，也不担心自己寝室的安危问题。

我们说好，然后磨磨叽叽一边吃饭，一边看电视。末了，洗碗擦桌子拖地，分工明确，然后给他把门带上，各回各家。

-3-

不知道从什么时候开始，一群人喜欢上了打麻将。

打麻将成了我们饭后的娱乐活动，吃完饭之后，老周去加班，我们四个女生擦完桌子洗完碗，然后收拾一下，开始打麻将。

关于麻将，有很多种不同的玩法。杭州的、上海的、四川的、陕西的都不一样，绍兴的有一种是坐庄会连续翻倍，输了再翻倍。

所以经常会有一个人连坐了三次庄家之后，再赢会翻好几倍的时候，忽然输掉，再翻倍输掉，血本无归。之前赢的在这一把就全部输掉了，俗语称：为他人做嫁衣。

麻将如此，人生也是如此。之前无论再风光，有可能一局输，满盘皆输，有时候该收网，就得收网。

暑假的时候，老周的老婆会带着孩子过来陪他，经常会跟我们打麻将。我们在旁边专心致志地打麻将，他的小儿子在一旁专心致志地看熊大、熊二。

日子虽然过得平淡，但是现在看来，也未尝不是另一种幸福。只是我天生就是不安分的人，没有办法在一个不适合自己的地方委曲求全，长久下去，最终选择了离开。

—4—

阿婷不经常做饭，但是一出手却总给我们惊喜。

比如半夜十二点的时候，拿着一盘刚出锅的辣子鸡块挨个儿敲门，要胖一起胖。周末的时候在她那里做小饼干、蛋挞等。

我喜欢做凉拌黄瓜，阿婷喜欢做凉拌木耳，这些东西的主材料都不变，最重要的是辅料。阿婷的凉拌木耳，酸辣脆爽，很多饭店都比不上。

其实在一起的时光不总是快乐的，有人的地方就有江湖，一群女生之间也少不了小九九或者其他的，但是分开久了之后，剩下的全都是美好的回忆。

可能时光让人变得更加宽容，对往事也更加珍惜了吧。忽然间，还是挺想他们的。

人们常说，人生就像一列火车，跟你一起谈天说地的，总有人先下车，也总有新的人会上来陪你。

可是，即使明白，有些人只会陪你走一程；即使懂得，你们相遇也可能只是让你学会一些什么道理。分别的时候，却总是格外残忍。你不知道，你那声平淡无奇的“再见”，却可能是你们这一生说的最后一句话。

因为工作原因结识的人，大部分都会因为工作原因天南海北，想要再聚，可能都找不到一个借口。而且，彼此感情也没那么深厚，也可能只是怀念那段时光，怀念那时傻傻的自己。

千言万语，到嘴边，都变成了：好好的。

以前陪你过生日的人，你们还联系吗？

-1-

晚上刷手机时，阿A发来一条微信：树獭树獭，你生日是什么时候呀？

我小小犹豫了一下，想着要不要告诉她。

我不是一个特别喜欢过生日的人，也不太喜欢告诉别人我的生日。以前的大学室友还经常说我，总是固执地坚持着一些别人怎么也搞不懂的东西，比如初恋，比如生日。

在别人看来无关痛痒的东西，在我这里却成了无论如何都不能退让的底线。

我不喜欢过生日，并不是说因为生日本身的意义或者其他缘故。而是一想到，今天陪你过生日，一起把酒言欢、庆祝生日快乐的人，以后有可能天各一方，甚至因为种种缘故不再联系，就难受得要命。

而当年守在手机前，一定要赶在零点准时为你发送生日祝福的人，如今早已不记得你的生日，甚至和你老死不相往来，想起来也甚是伤感。

可能写文的人天生就悲观吧，所以无论是对感情，还是对生活，都难逃悲观的看法和心态。想着不抱期望，就不会有失望，虽然明知是自欺欺人的想法。

没事不要去怀念以前过生日的场景，闲了也不要去翻那些发黄的老照片，因为今昔对比，除了徒增感伤，别无他用。

-2-

记得小时候，每年过生日，妈妈都会在早饭的时候给我煮一个热腾腾的白煮蛋，午饭的时候一家人一起包饺子。

在那个时候的农村里，甚至是现在，有什么比较重要的节日，或者是家人的生日，大部分家庭还是会选择用包饺子的形式来庆祝，以示隆重。

一是因为以前，肉价比较贵，大人们每年难得吃一次猪肉，所以吃肉饺子是在逢年过节时才能享受到的待遇，包饺子在大人们的心中象征着珍贵、重视。二是时间久了，这个习惯也慢慢延续了下来，变成了一项传统。

上了高中和大学，有时候不能在家里过生日，妈妈就会在那一天发一条短信：去吃点好吃的，不用担心钱。就跟天冷时发一条短信“天冷加衣”一样言简意赅。

然而即使是这样，有时候也难免会被忽略。

记得有一年生日的时候，正好是周六，也没什么事情，想跟爸妈一起过生日，就坐了半天的火车回家，然后在家附近买了一个小蛋糕。

回到家吃饭的时候，我妈还笑着跟我说：回来就回来，买什么蛋糕嘛。我当时一愣：妈妈，今天是我生日啊。

这下轮到我妈发愣了，说：今天几号呀？

我一脸严肃地翻开日历，给我妈看今天的日子，我妈看完哈哈大笑，我爸则在旁边嗔怪我妈：你连女儿的生日都忘记了。

虽是一件悲伤的事情，但是现在想来也是另一种幸福。

-3-

高中时候的女生大都会喜欢饶雪漫以及她的青春故事系列吧，正如她的故事里说的：没有人永远十七岁，但永远有人十七岁。十七岁的女生，最容易被小幸福和小爱情感动得一塌糊涂。

那个时候喜欢饶雪漫，尤其是喜欢她的小说，《左耳》《沙漏》《离歌》是同一个虚构的学校里，不同届发生的校园青春故事。其中最喜欢《沙漏》，喜欢里面两个女孩的友情，那种给予彼此温暖、彼此陪伴的感觉。

高中时代比较穷，一个月生活费就三四百元，而一套书就要五六十元，还是有点心疼的。学校门口有一家租书的书店，一天一毛钱，倒是可以看书，只不过看的书都是盗版，而且很旧，感觉不好。

记得高二那一年生日的时候，上完晚自习，我还没走，在教室里跟关系比较好的同学一起做题，顺便打打闹闹。忽然间就感觉有人从背后走过来，往我桌子上扔了一本新书，还没来得及抬头，第二本、第三本也扔了过来。那套书不是别的书，正是饶雪漫《沙漏》的一套三本。

抬起头来，有三个酷酷的身影冲着我笑，然后比了一个比较帅的姿势，是我们班跟我关系比较好的三个男生。那是收到的印象最深刻的一份生日礼物，除了是本身就特别喜欢的东西之外，还有他们的贴心和温暖，着实让我感动。

刚上高中的我，除了本身就敏感的性格之外，家里也出了一点变故，所以那三年过得尤其敏感脆弱。而那个时候的他们，就像是汪洋大海里的救命孤舟吧，虽然在他们看来可能是微不足道的小事情，我却感动了好多年。

可能后来他们大抵也忘记了曾经有过这么一件事情吧。

—4—

大学毕业的时候，我先是到了绍兴工作，后来又来到了上海。而他们三个，一个先去了新疆，后来又回到了西安考研；一个去了我老是记不住的地方；还有一个已经断了联系。

想着曾经关系那么好，后来却也在人生的列车上越走越远。虽知道这是现实，但也难免有些悲伤。

高三生日的时候，前任送了一把大大的雨伞给我，当时朋友打趣说：这是要给你遮风挡雨的节奏呀。我笑而不语。

只是后来分分合合，也纠缠不清了好一段时间，直到因爱生恨，彼此老死不相往来。他去了哪里，遇到了谁，再也无从得知。

而那把伞，也在陪伴了我多年之后，在一次做家教的时候，被落在了另一座城市。当时被落下的有两把伞，一把太阳伞，一把前任送的雨伞，而朋友却单单记住了太阳伞，落下了那把雨伞。

说是无意为之，也算是命运使然。意料之外，情理之中吧。

我是一个重感情的人，因为太过看重，有时候明知道会失去，所以宁可从来没有拥有过。

有时候翻着聊天记录，看着很久以前的照片，心里想着，我们以前明明那么要好，怎么就走散了呢？

而更多时候，是面对一份慢慢消逝的感情的无能为力。明明想挽回，却力不从心，只能看着它越走越远。

人和人之间的感情，本身就会随着不同的人生轨道、不同的经历，会有各种各样的变化，或者是变得愈加陌生甚至是老死不相往来，或者是变得更加珍惜对方、懂得对方。

就像是相逢在同一趟列车上，总有一个人先到站，也总有陪你的新朋友，还有一直跟你从头走到尾的人。

道理虽懂，但是想到曾经有的亲密，还是会难过、会悲伤。

而当年陪你过生日的人，现在又在哪里呢？只愿在一起的时光，都能好好珍惜。

那些
关于冬天的记忆

-1-

早上还没醒来，就感觉到了阳光透过窗帘照到被子上暖暖的感觉。睡眼惺忪中，在床头胡乱摸着，隐约看到手机上的时间：10点15分。

啊，十点多了啊，今天是周末，不用上班，然后翻个身，又继续沉沉地睡了过去。

室友们都回学校去了，今天是英语四级考试的时间。她们要考四级，要作毕业开题报告汇报，我又短时期恢复了一个人的生活。

上海的冬天格外的冷，即使是妈妈寄过来的十斤大被子，依然抵不住无处不侵的寒气。想念以前大学里的暖气，北方的冬天虽然冷，但是不论是教室，还是寝室、图书馆都有暖气，放学回寝室的第一件事情就是一群人挤靠在暖气片上，对着手哈哈气。

想念北方的暖气，想念家里的火炉。

以前住在家里的时候，没事情干总会搬个小板凳围坐在火炉边，因为火炉旁边的小烤箱里总是有各种各样的好吃的。烤红薯、烤馒头、温热的苹果，还有爸爸从陕北带过来的大红枣。

然后一边嗑着瓜子，一边看电视。妈妈总会大声嚷着：离电视远点，离电视远点，都戴眼镜了还离电视那么近，你是不是瞎，那么大的电视都看不清楚。

-2-

感觉已经是很久以前的事情了。自从上了大学之后，就很少回家，每年暑假基本在外面打拼，要么当家教，要么准备考研，寒假也只是在家里待短短半个月，然后又离开，去做别的事情。

我都能想象到此时此刻，家门口的情景。门口的小树树枝孤零零地飘下几片叶子，在寒风中，摇摇晃晃掉落到了地上。大门紧闭着，爸妈骑辆小电动车从外面干活回来，然后从厚厚的外套口袋里拿出钥匙。

他们好像又老了几岁。

-3-

今天是比较糟糕的日子。

早上醒来，不，中午醒来，草草刷完牙洗完脸，想给自己做一顿可

口的饭菜。正好室友们都不在，没人抢厨房，可以随意折腾，昨天去超市买了一些菜和肉，还有自己最爱吃的馒头。

算了算，已经来南方生活一年半了吧，快被同化得差不多了，现在每一顿都是米饭和菜，很少吃馒头，而我也已经慢慢丧失吃馒头的欲望了。

可内心深处还是想吃馒头，想吃妈妈蒸得松松软软并且筋道的馒头，而不是外面用面粉堆积而成、添加了无数的漂白剂和防腐剂的馒头。

可能是好久没有炒菜了吧，也可能是自己本来就没有什么炒菜天分，第一个菜是西红柿炒鸡蛋，国菜啊，但是我依然炒得不像样。西红柿放进油里面怎样也不化成汁，最后勉强跟鸡蛋混合在一起。

第二个菜是西红柿炒豆角，其实我最喜欢吃的菜是青椒炒豆角。我虽然喜欢吃，可是卖相却不怎么好，想着以后总得在别人面前有一两个可以拿得出手的菜吧，所以想试试西红柿炒豆角。

可是豆角怎么炒都不熟，最后外面天都要黑了，还是没有熟。可自己炒的菜，哭着也要吃完，于是在微波炉里热了一个馒头、一个花卷，然后把两个菜吃完了。

哦，对了，其实我中间还在电压力锅里热了一份粥，可是最后出来的时候，干巴巴的。锅底都是锅巴，然后上面粘了一层米粒，我终于知道上一次为什么我煮的粥，最后变成了米饭，那时以为是水放少了的缘故，其实后来才知道是锅坏了。

我都能想象到我妈妈听到这些话之后的表情，肯定是一边笑个不停，一边开始跟我唠叨，你炒菜不能这么炒，你要这样那样，要仔细点。又开始了，感觉耳朵都要生茧子了。

-4-

以前在小山村过不好自己的生活，但是还有地方偏僻的借口。而如今，换到了上海工作，依然是重复着以前单调乏味的生活模式，不论是一个人，还是群居生活，都是如此。

我开始慢慢明白：困扰一个人的，从来不是环境，而是心态和格局。

心态好了，即便是在比较贫苦的地方，你依然可以将生活过得有滋有味；心态不好，即使生活在闹市，周围交通便利、环境优雅，你依然被自己困在自己的小房间里。

很多人因为不满自己的生活，选择用辞职、分手、旅行等方式来刺激自己，告诉自己生活达到了另一个阶段。可是事实呢？那些只是你生活表面上发生的变化，只是仅仅代表你去过一个地方、经历过一件事情，仅此而已。

你收获了什么？你成长了吗？你的生命又有了什么启发和进步？其实，你的生活依然在一个固定的模式上，循环、重复。

而想要真正改变自己的生活、改变自己的状态，还是要从思想和心态上去改变。

这是四六级考试那天写的文章，今天想起来才发出，觉得自己可以改名叫树懒了。

真正的朋友，不会通过贬低别人来显示自己的优越

-1-

第一次真正跟夏叔有接触的时候，是在我的一个小型写作分享群里。在一个平台的邀请下，分享了自己几个月以来的一些写作经验与感悟。

分享完了之后，按照常规惯例有一个互动环节——听众进行提问，我来回答。

前面还挺顺利的，快结尾的时候出现了一个读者，提出了一些让我很尴尬的问题，现在已经大致忘记具体内容了，可当时确实让我下不来台。

一连串言语犀利但是怎么回答都感觉是坑的问题，让第一次参加写作分享的我，着实很尴尬，回答也不是，不回答也不是。

当时夏叔是以一个听众的身份在群里，看到这种情况时，就出来浅略说了自己的一些看法，并暗示主持人时间差不多了，有问题可以私下找我聊，成功帮我解了围。

我当时真的特别感动。那个时候彼此还不太熟悉，夏叔本来完全可以视而不见，不掺和这个烂摊子的，但还是热心、机智地帮我解了围。

后来接触多了，也慢慢熟络了起来，才知道夏叔是一个很早就在博客写东西、负债10万元、在三个月用一部800块钱的手机写出了50万字、出过三本书的人才，构造故事的能力和文笔水平可以甩我好几条街。

相对于讲故事讲一半自己都看不下去的我，夏叔真的是一个绝对励志发光般的存在。

但是这样有才的一个夏叔，经常会在我的读者群给我捧场。在一些作者群里，有机会的时候总是不忘记夸我几句。

其实，夏叔真的是比我优秀很多，不论是写作水平，还是与人打交道方面。此外更珍贵的是：**能在自己优秀的同时，总是不忘记刻意放低自己的段位，鼓励、表扬朋友一番**。

–2–

相对于夏叔对朋友的尊重与赞赏，我也见识过另一种的友情。

花花和叶子是大学室友，花花长相比较出众，深受老师和朋友的喜爱，为人做事也比较机灵利索；而叶子呢，总是一副木讷的样子，无论遇到什么事，反应总是慢半拍，也不擅长什么交际，只知道死读书。

即便性格相差比较大，但是她们依然是好朋友，同一个专业、同一个寝室，一起上课、一起吃饭。

但是班级一起聚餐的时候，花花就会当着全班同学的面批评指责叶子的穿衣品位，说：上了大学就要学会打扮自己，你看你，就穿一些地摊货。叶子尴尬得不知如何是好。

期末考试成绩出来的时候，因为平时认真学习，叶子好不容易拿了一次学院的奖学金，刚准备高兴一番。花花却又开始说教：上了大学，不多参加点社交，就知道死读书，结果期末只拿了个三等奖，你看看隔壁某某，平常不怎么看书，都是一等奖呢！

叶子这下彻底无语了，不知道自己做错了什么，总惹得朋友一番批评教育。

总有一些人，你随便说一句什么话，他都要跳出来反驳，以证明自己是对的。

不论你多么努力、多么用功，他总是能从不同的角度借着“关心教育”的名义来批评挖苦你，总想让你知道他比你厉害。

我懂得这世界上，除了父母，没有什么人是真正希望你过得好，希望你能超越他的光芒万丈实现自己的人生价值的，也懂得人性的自私狭隘和不断的比较，但是打着朋友的旗号这么做，未免让人觉得心寒。

而靠贬低挖苦别人来显示自己优越的朋友，终究不是真朋友。

-3-

自从开始写作之后，认识了很多作者。有一些是差不多跟我一起开始写作的，但是写作水平飞速提升，很快就找准了自己的定位和风格，被几个大号转载之后，知名度和粉丝数增长飞快。

说实话，不羡慕是假的，但是羡慕却不嫉妒。

因为懂得他们为写出一篇文章有时候熬到半夜的辛苦，为了一个突发的灵感，半夜从睡梦中爬起来，用本子把想法记下来，白天要么上学、要么上班，晚上回来坐在电脑前乖乖写东西。

没有假期，没有娱乐，没有朋友，没有约会，没有社交，没有休闲。

因为懂得，所以更能理解。因为是朋友，所以更加为之祝福。

在他们变得越来越好的时候，看着他们的背影，我也会激励自己变得越来越好。看着他们一篇篇行文流水的文章，我也会赶紧提醒自己：少贪玩，快去看书、快去写作。

相对于嫉妒、怨恨，我更希望他们变得越来越好，一是身为朋友真心开心，二是更能刺激自己前进。他们的成功，也侧面反映我们走的这一条路是对的，他们走在前面，我虽然慢，但是迟早会跟上去。

真正的朋友，一方在自己比较厉害的同时，仍不忘记稍微鼓励一下队友，不刻意炫耀、不故意贬低。

另一方在稍微落后的时候，不嫉妒怨恨、不打击挖苦，能够给予真正的祝福。

—4—

随着年龄的增长，我越来越明白：真正的朋友，是不会通过贬低别

人来显示自己的优越感的。

因为他们懂得，虽然在前进的路上相互陪伴，但是个体毕竟是个体，成为朋友的前提是，我们是一个完整的个体，我们自己吃饭睡觉、看书学习、认真努力。

即使有人陪伴，我们过的还是自己的生活，所有的荣耀与失败都是通过之前的行为所得到的，是属于自己的，本质上跟他人无关。

所以，即使贬低别人，或者是吹捧别人，本质上也不会对自己的价值产生任何的变化。我们的人生价值，是不要靠跟周边人比较来树立的，我们要的是更广阔的视野、更长远的目标。

《甄嬛传》里，甄嬛得宠的时候，沈眉庄曾对甄嬛说过：我虽羡慕，但是却不嫉妒。因为没了你，还有别人。

因为懂得，身边并不是真正的敌人，也明白这份友情的珍贵，不会为了眼前的一点虚幻利益，恶语相向。

与其针锋相对，不如并肩作战。

越智慧，越会懂得跟身边人处处比较并没什么意义。而靠挖苦贬低来显示优越感的朋友，是不值得交往的。

放大自己的格局、开阔视野，将人生的目标与战场放在更大和更值得的地方，去找回真正的自己，实现人生的价值，远远比鼠目寸光高贵得多。

part 6

那些曾经，是时光中最美的回忆

我还是很喜欢你，像风走了八千里，不问归期

-1-

春节回家翻衣柜的时候，才发现衣柜最深处还有一个包装完整的小白纸袋，里面装的是初恋男友送的冬天戴的白帽子和护袖。即使放了几年了，依然保存完好、一尘不染，甚至连标签牌都没拆。

我有点遗憾，但是又有点好奇地把白帽子拿了出来，试着戴在了自己头上，然后犹豫地站在镜子前，看着自己的齐耳短发与带着几丝淑女气息的白帽子，实在不搭，又依依不舍地把它放回了袋子里，藏到了箱子最深处。

想起一句话：**我还是很喜欢你，像风走了八千里，不问归期**。**我还是很喜欢你，像海波澜壮阔，沉默不语**。

以前恋爱的时候，他送过我一把大大的雨伞，从此不论是晴天还是阴天，我都会把它带在身边，再也没被淋湿过。他送过我一本古诗集，

因为那个时候的我已经整天沉浸在小说和写作的世界，那本古诗集我就翻了第一页，便把它锁在了箱子最里面，对了，我还专门给它的封面手动加上了书封。

因为喜欢一个人，他送的每一件礼物，都是带着温暖和感情的，都仿佛用另一种方式说着：我喜欢你。

-2-

回家的时候，遇见了以前的老同学阿玉，依旧清纯动人。从朋友那里得知，已经毕业四五年的阿玉依旧单身，只是因为心底里还放不下一个人。

我问阿玉：值得吗？

阿玉说：感情这东西，哪有什么值得不值得。只是分开了四五年，我的心里还是只有他一个，容不下其他人。

尽管曾经有过伤害，尽管彼此最后已经恶言相向，尽管两个人重逢的可能性已经不大，但是，阿玉还是坚守着内心的最后一点执拗，依然在等他。

人们常说：等待一个不属于你的人，就像在机场等一艘船。道理大家都懂，但是人毕竟是有感情的动物，那些年割舍不下的温存与难以放下的回忆，让阿玉一直站在原地，等故人回头。

阿玉去了他以前读书时待过的大学，走过他假期时玩过的城市，尝试着去吃他所喜欢吃的美食。想着：**如果我走过你走过的路，看过你看过的风景，会不会离你更近一点**。

即使分手多年，我依然喜欢你；即使知道没有结果，但是仍然放不下初心。

−3−

我还是很喜欢你，像风走了八千里，不问归期。

还记得高中的第一节课，班主任就站在讲台上义正词严地告诉我们：**高中时的情侣，能坚持走到最后的，超不过百分之零点一。但是，不要幻想，你们就是那百分之零点一**。

班主任让男女生分开坐，杜绝一切可能产生早恋的因素，但是依然无法遏制少男少女们蠢蠢欲动的心。我们在青春里，开心着、快乐着，不管是正大光明地在校园里牵手，还是羞涩的地下恋，始终相信：我们将来会在一起的。

年少时总是那么单纯青涩，总觉得只要你喜欢我，我喜欢你，这就够了，怎么会有那么多的纠结呢？只是在很多年以后，看惯了分分合合，也经历了悲欢离合，才意识到：爱情，哪有那么简单。

如果当时听了老班的话，后来会不会不那么难过？

只是人生哪有那么多假设，有的人，第一面就注定了是你人生中无法避免的劫，而有的人，注定要与你擦肩而过。这些，我们都无能为力。

只是庆幸的是，在以后的生活中，即使我们曾经受过伤害，即使怀疑过爱情、质疑过生活，但是依然保留着最初的单纯与美好，仍然有着那颗最珍贵的赤子之心，依然还有重新爱一个人的能力。

-4-

陈奕迅在歌中唱道：好久不见。

你会不会忽然的出现
在街角的咖啡店
我会带着笑脸 挥手寒暄
和你坐着聊聊天
我多么想和你见一面
看看你最近改变
不再去说从前 只是寒暄
对你说一句 只是说一句
好久不见

年少的我们，总是喜欢转身就走，以为还有机会再相遇，还有机会重新开始。却没料到，有时候，一转身就是天涯，可能以后这一生，都再也没有了相遇的机会。

在一个人的时候，要学会好好爱自己。认真赚钱、努力生活，然后爱自己的同时，期待下一份爱情。在爱情来临的时候，请深爱，不要辜负彼此和时光。

就是因为爱你，
所以才会愿意跟你一起浪费时间呀

有这样一句话：你把时间花在哪里，都是可以看得到的。

你把时间花在读书上，时间久了，你对事物的认知和自身的谈吐会慢慢有所改变；

你把时间花在厨艺上，不出两三个月，你就会给家人做一份拿得出手的可口饭菜；

你把时间花在健身上，你的身材和健康就是给你最好的回应。

而同样的，要看一个人爱不爱你，时间花费是最好的表达方式。我这里的爱，并不仅仅指恋人之间的爱情，还包括亲人、朋友之间的感情。

-1-

周末的时候，忽然想起了一个好久不见的朋友，于是就给他打了一通电话。也没说什么重要的事情，也不谈什么人生道理，就是拉拉家常，说说闲话而已。

你最近工作还好吗？还是原来的工作吗？你老板有没有给你升职加薪？你和你女朋友关系如何，打算什么时候结婚？

据说我们以前的老班长跟隔壁班的大才女在一起了，是不是真的？我们以前班里的某某某最近要结婚了，你知道吗？

我就那样啊，白天工作，晚上工作加写稿啊，生活就这样吧，我也没多大出息，哈哈哈。

听着那边爽朗的笑声，恍若隔世，仿佛又回到了以前的高中时光，而我们依然是那一副不谙世事的青涩模样。

不知不觉，电话已经打了将近两个小时，其实周末还是挺忙的，因为还有一大堆工作要做，几篇稿子要写，两个小时真的可以做很多事情。但是即使这样，我仍然愿意花时间去跟好友讲一些不那么重要的“废话”。

因为对方在你的心上，因为我很看重并且珍惜这份友情，所以我愿意为它花费时间。即使那份时间的花费在世俗的观念里是种“浪费”，我也依然甘之如饴。

—2—

最近在看《少有人走的路》，里面有一部分是讲父母和孩子的亲密关系。其中有一个点就是父母和孩子的沟通问题，其实可以在时间上看得出来。

父母对孩子到底是真的关心，还是出于敷衍导致形式上的关心，在时间花费上可以看得出来。

一个平常将孩子送到幼儿园，回家之后就让他自己做功课，然后哄哄睡觉，自己却一心扑在工作上，想用钱来给予孩子奖励的父母。在孩子心里，总是抵不上那个周末陪自己去公园踢球，平常耐心地蹲下来听自己支支吾吾说班里同学故事的父母。

很多父母，则是在孩子放学回家后，一边做饭或者是收拾房间，一边问孩子：今天学校生活过得怎么样，老师说了什么，你跟同学处得怎么样？问完之后不等孩子回答，就继续忙自己手里的事。

父母是为了省时间，觉得自己可以一边做一边听。而在孩子的认知中，得到的反馈信息却是：父母根本不关心我的回答，他们都不肯花时间去认真听我讲述。

在孩子心里，父母不愿意花时间去陪自己，去耐心倾听自己的心声，其实就是不关心、不尊重自己。

真正的关心，并不是给孩子物质上的需要以及足够的零用钱，而是

将自己工作中的时间抽出一部分来，去耐心倾听孩子的需求，去给他该有的陪伴。

-3-

很多毒鸡汤都说：看一个人爱不爱你，就要看他肯不肯为你花钱。

很多女生看了之后，都会去对照自己的男朋友：他平常会为我花钱，那他一定是爱我；他平常都不为我买东西，那他心里肯定没我。

可是又有这样一道选择题：一个只有100块钱，全部给了你；一个有10万块钱，给了你1000块钱的男生，你会选择哪一个呢？

其实没有标准答案，我想表示的是，想靠是否愿意为你花钱这一点来评判爱情并不是那么靠谱。假设对方是一个很有钱的人，平常给你花点小钱，对他来说并不是什么大事，而你却凭这一点去推断是否爱你，未免太过天真。

而真正要看的，是他把时间花在什么地方。

在百忙之中，仍然抽时间陪你过周末、陪你吃饭的人，心里一定有你；

肯腾出时间跟你煲电话粥，听你讲一些无关紧要的家长里短，必定很珍惜跟你的感情；

在闲暇的午后，愿意和你在阳光下，懒懒地一起打发时间，一定会觉得跟你在一起很幸福。

因为心里有你，所以才愿意将时间花在你身上，才愿意和你去浪费时间做一些看起来并没有那么重要的事情。

—4—

现代人的生活节奏那么快，时间比金钱更重要。

有人常常口中说着爱你想你，但是却一直没有时间陪你吃饭、跟你打电话，不论什么时候约会都没空，这样的爱其实大部分是口头的。

我们可以跟爸妈打好几个小时的电话，什么都不做，就听他们唠叨；

我们可以跟好友在咖啡厅待一下午，什么都不做，就窝在那里拉家常；

我们可以跟恋人在湖边晃悠一圈又一圈，什么都不做，就说些甜得腻人的情话。

我们常说，爱不爱一个人，身体是最诚实的。同样的道理，看一个人有没有将你放在心上，他花费的时间也是不能被修饰的证据。

爱你，才愿意跟你一起浪费时间。

你有多久
没小心翼翼地喜欢一个人了

-1-

你有多久没小心翼翼地喜欢一个人了?

可能是春天来了吧,空气里都充满着恋爱的味道。办公室里的小荷,最近有点不对劲,忽然变得朝气蓬勃、春光满面,就连对着手机都能笑出声来。

每天第一个上班,最后一个走,走时还对着空荡荡的办公室依依不舍。傻子都能看得出:她,有喜欢的人了。**因为有了喜欢的人,整个世界都看起来可爱了几分**。

但是小荷私下偷偷跟我们说:其实我有几分苦恼。虽然我很喜欢他,但是我不知道他喜不喜欢我。

虽然他每天空闲时都会转过头来跟我讲笑话,逗得我捧腹大笑;虽然他会在周末约我出去吃饭看电影,然后我们各自坐地铁回家;虽然他会在晚上睡觉时，给我发语音说晚安。

可是，我还是不知道他喜不喜欢我。

他是喜欢我，想跟我恋爱呢，还是他只是把我当作一个比较知心的朋友，甚至是他对所有女生都这样？

我不知道。

-2-

恋爱中的女生，大部分跟小荷一样，患得患失、疑神疑鬼、精神失常。

他过来送她一杯奶茶，她可以在微信群里乐呵半天，让我们分析他有什么动机，是不是喜欢她的表现。

跟他出去约会，前半天就跟我们商量，穿什么衣服、化什么妆，提前一个小时说她到哪里哪里了，提前五分钟说自己好紧张怎么办。

他今天一整天没给她发微信，她就跟得了抑郁症的患者一样，看见谁都想骂几句，好像全世界都欺负了她，就差委屈地哭了出来，末了还问我们：我是不是失恋了？

呸，你都没谈恋爱，失什么恋啊。

看着小荷小心翼翼却又认真无比的样子，忽然被感动到了，仿佛触及了内心最深处的东西。

我们有多久，没有小心翼翼地喜欢一个人了。

因为他的一个问候，一整天都是开心的；因为一个不小心的接触，便脸红心跳；甚至在无聊时，都能幻想出将来的小孩叫什么名字。

因为一个人而欢喜，因为一份感情而期待。

—3—

记得之前看电视剧《微微一笑很倾城》，本来只是偶然打开，但是却一不小心一下子通宵看了二十集，然后剧终，天亮。

并不是剧情有多感人，也不是演员演技有多么精湛，只是单纯地怀念那个时候简单、纯粹的爱情。

因为喜欢他，所以一放学就绕路去篮球场，只是为了看他一个身影；约会时，整个人都是紧张的，怕自己的吃相难看，所以平时吃好几碗饭的女汉子，也只是饿着肚子，象征性地吃一点。

一起去图书馆，一起去食堂。一起互相偷偷喜欢，但是却并不戳穿。只是后来随着岁月的流逝，很多东西都变了，我们再也不是那个因为一个人笑就可以开心半天的小女孩了。我们变得更加成熟，更加挑剔，更加难以心动。

去过很多地方、走过很多路、见过很多人，但是却难以遇到一个让你心动的。即使你因为一个偶然的机会，遇到一个心仪的人，他的每一点都是你所喜欢的，但是，你已经丧失了主动追求的勇气。

看着他慢慢离开、消失、错过，再无交集。

—4—

你已经失去了喜欢一个人的能力。

甚至到最后，你发现自己喜欢上了一个人的时候，你的第一反应不是欣喜，而是害怕。你害怕还没开始就要失去的痛苦，你害怕单恋时的等待和期待，你更害怕将来万一在一起发现不合适又分开，连朋友都做不成的尴尬场面。

所以，你宁可错过，也不敢再主动。

后来小荷还是没跟那个男生在一起，因为实习结束，他要回老家。小荷没有问他要答案，他也没有跟小荷解释。

虽然结局有些遗憾，但是并不代表失败。毕竟，有时候认识一个人，他所能带给你的感动和回忆，就已经让你很知足了。

我一直喜欢这样一句话：我越来越相信，每一个人来到你生命里自有他的意义，哪怕他只能陪你走一段路，也许你们的相遇只是为了告别。至少他在某个时刻和你产生了共振，让你觉得生活似乎不那么难熬。

而那个男生带给小荷的，并不只是美好的回忆，还有爱的能力和珍贵的小心翼翼，以及当时对爱情的期待和憧憬。

如果爱，请深爱。

想你是真的，回不去也是真的

-1-

前两天，室友唐姑娘忽然冷不丁问我：你还想他吗？

我蒙了一下，迷糊中回答道：想谁？

唐姑娘带着一脸神秘的微笑悄悄离开了我的视线，去做自己的事情。留我一个人在那儿回忆：我还想他，他是谁？最近有发生什么事情吗？怎么忽然提这种问题？

不行，我得把这件事情搞清楚，大半夜这是闹哪样，我追了出去。

唐姑娘说道：看来你真的没有放不下的人，不然你的第一反应不是告诉我“不想了”吗？

听完，我哈哈大笑，然后怅然若失：原来我自己的内心都在不自觉承认，我已经忘记了那个人、那些遥远的往事、那些曾经为之彻夜不眠的回忆。

—2—

A问B：你还想他吗？

B坚定地说：不想了。

A说：不想了，那你怎么知道我说的是谁？

看起来一个很狗血的小测试，却又有些好玩和真实，我们嘴上说着不是，可行动上却在不自觉地暴露自己的真实想法。

上次回家的时候，碰到了可乐，女大十八变，三四年不见的她，更加温婉动人，举止里尽是时光对她的雕刻。坐在窗前将一抹碎发捋在耳后，露出了不张扬但是却很可亲的笑容。

犹豫间问及往事，她喝了一口饮料，沉默良久，说道：那个时候视之为生命里最珍贵的一个人，想着后半生可以跟他走下去，都能幸福地笑出声，怎么可能会忘记呢？

有时候在大街上看到一个熟悉的背影，有那么一瞬间都会想上去看一下是不是他；

走在曾经他走过的街道上，想会不会偶然遇到他，虽然已经不知道他到底还在不在这个城市；

晚上做梦的时候，偶尔梦见他回来了，那感觉就像从未分开过一样，就像你终于得到了心心念念的洋娃娃。

人生完整了的感觉。

—3—

可是，那又有什么用呢？想你是真的，回不去也是真的。

前两天看到这样一段话：每个时间段不同的男人对感情的理解是不同的，具体就不详述了。

我想，女生大抵也不例外。

十七岁的时候，可能喜欢的是班里那个打篮球打得最好的、每次考试都在榜首的、不论老师出什么难题都能巧妙化解、永远站在最耀眼地方的那个帅帅酷酷的男生。

那个时候的爱是崇拜。

二十岁的时候，可能喜欢那个每天早起给你买早饭、帮你去自习室占座、晚上回来送你回寝室的那个人。他可能不那么帅，也不那么完美，但是他对你好。

那个时候的爱是感动。

二十五岁的时候，已经过了靠崇拜和感动就可以在一起的年纪，你想要的是相互理解、相互扶持。这在十八岁的小姑娘耳里听起来跟没说一样，这话怎么这么虚。

可是，相互理解、相互扶持，听起来虚，但是做起来是真难。我们都是生活在不同环境的凡人，都有着自己的价值观和对事物的思考方式，想要在平常生活中做到相互理解，不是人人都可以的。

而相互扶持更是困难，大多数人都喜欢与不如自己的人当好朋友，顶多势均力敌，而当一个人某些方面或者更多点都在你之上，他就是比你强的时候，更多人想的是不服气与嫉妒。

所以，在余生里想要找一个相互理解、相互扶持的人，听起来何其容易，做起来何其难。

-4-

我想起了民国时期的一个女子——胡蝶。

书中说：一个熟女，懂进退，知分寸，温顺与坚韧兼有，理性与乖巧皆具，珍爱自己也不妨碍他人。

她是那个时期的“电影皇后”，珠圆玉润，高贵大方，不论才情、性格、教养，还是气质，无一不让人佩服。

只是后来她原本能和爱她、理解他的丈夫潘有声一起在平等又尊重的婚姻中终老的时候，却被一个叫作戴笠的军统局局长看上了。

我最佩服的一点是：不着急去辨别自己的忠贞，也不必为了爱情去殉情，而是如何能在乱世中更好地活着，更好地与所爱的人走到最后，更好地去顾全大局，将目光放在长远处。

最终，她委身于戴笠，他对她很好，她的丈夫被派出任职，在戴笠的照顾下也衣食无忧。

几年后，戴笠在一次空难中去世，胡蝶和潘有声又重新在一起，相伴终老。

这样的女子，她知道自己想要什么，知道自己的目标和重心，不会为了当下的一时之困，去急于证明自己，飞蛾扑火。

-5-

高中的时候，听人说：你喜欢的人和你爱的人，以及将来在一起的人，一般都不会是同一个人。

那个时候觉得是屁话，怎么可能那么悲观。

时间证明：它是最好的打脸机器，啪啪响。

二十五岁之后很难再谈喜欢，因为你还有更多的东西要考虑，爱情不是交易，你姑且可以不考虑家境、地位、薪资、住宿。

但是人品、教养、性格、受挫能力，这些都是你要权衡的。你开始明白：合适比爱更长久。

当然，这两个如果能是同一个，那再好不过了。

可是很多人都会慢慢明白：你所爱的那一个，因为性格、为人处世的方式，可能很难跟你走下去。这个时候，放弃还是忍痛前行，每个人都有自己不同的选择。

但愿每个人都在时光中遇到最好的自己、最美的爱情。

我有好久，
都没想过你了

-1-

有读者在我后台留言：

我跟前男友谈恋爱半年，他当时追我花了三个月，我觉得他人好就同意了。三个多月之后，他却告诉我：他妈妈不同意我们在一起。

我最开始也没当回事，然而，他很快就跟我提出了分手。我虽然很难过，但是也同意了。可过了一星期，他又回来求我复合，说他知道错了，我们重新在一起吧。

我们复合没多久，他又说我们不合适，再次提出分手，怎么办？

我很痛苦，我这么爱他，为什么他要这么对我？

看着她大段大段的留言，我能想象到她脆弱无助的样子以及心如刀

割的心情，然而，我却帮不了什么忙。

因为，总有一些路，要一个人走；

总有一些痛苦，要承受之后，才知道需要放手。

而很多时候，只能依靠时间，我们才能走出那段黑暗的岁月，放下不堪回首的往事。

-2-

今天忽然发现，我好像已经很久没有想起过我的前男友了。

几个月前，我闲来无事还偷偷翻着他的微博，看看他和现女友分分合合的情况，研究他的每一条微博，观察他的每一个动向。

还在想：在我们没有联系的几年里，他是否曾想起过我。

记得刚分手的时候，也是心痛欲碎。想着，自己曾以为是生命中最重要的那个人，从今以后就要在自己的生命里消失了，跟自己再无瓜葛。他的好坏、他的一举一动，都将与我没有半点关系了。

他以后会有新的女朋友，会对另外一个人说晚安，会承诺疼她如自己，会娶她，想起这些就心如刀绞。

分手两年内，也是在黑暗中度过的。把关于他的一切联系方式全部删除，断掉了与他有关系的所有人的联系，自己不提，别人也不许提，一直用忙碌和鸡汤催眠着自己忘了他。

可是，人最擅长的就是自欺欺人。躲得了光鲜亮丽的白天，却躲不过四下无人的黑夜。

无数个夜晚，我都梦见他回来了。他跟我并肩走在学校的小路上，对着我安静地笑。梦见他背着厚厚的大包、拉着行李箱在火车站等我，我们一起踏上回家的火车。梦见他送我的大雨伞，还完好无损地藏在我的抽屉里。

只是，一切都是假的。等到醒来之后，看着空荡荡的房间，反应了几秒，痛哭流涕。

-3-

有好心的朋友曾婉言劝过我：不用忘，但是得放下。我说：道理我都懂啊，可是我还是念着他怎么办？

后来的好几年，我都在自己的纠结与恢复中，好好坏坏，也一度以为：可能这辈子，都无法走出这段黑暗的阴影了。

曾经听人说过：治愈旧伤的最好东西莫过于新欢与时间。忘不了，要么是时间不够长，要么是新欢不够好。

我也一度怀疑过这句话的真实性，想着：到底什么时候，我才能忘掉这个人呢？忘掉这个人之后，我又是什么状态呢？

一直以为是什么重大的形式，忽然间才意识到：我已经好久没有想起过他了。现在就算是想起来，心里也不会有波动；以往的是是非非，也只是站在旁观者的角度去观察而已。

这应该是算放下了吧。

不再怀念，不活在回忆里的感觉，真好。仿佛自己又重生了。

-4-

年轻的时候，爱一个人就想把自己所有的一切都给他，恨不得天天黏着他，跟他有说不完的话、看不完的风景。

可是那个时候的爱太过浓烈，彼此又不太懂得如何相处和谅解，往往是两败俱伤，以致最后爱得越深，恨得越深。

等到再后来，慢慢大一点的时候，才懂得真正好的爱情，就是适度。你不用天天给我打电话，不用一直跟我说我爱你，也不用跟我承诺什么，我也会很放心。因为我知道：你不会走。

因为爱着一个人，所以感觉这个世界都是美好的。

但是在爱情中，痛苦总是在所难免，我们都曾在寻找真爱的路上，摔得遍体鳞伤，但是我们也都会痊愈，会重新上路，再次遇到那个对的人。

祝你，一切安好。

你们说得都对，
可我还是不敢去表白

-1-

朋友小夜喜欢上了办公室新来的同事，属于一见钟情的那种。

她喜欢他的聪明睿智，对任何事物都能发表自己独特的见解；中意他的温润如玉，遇事从来不急不躁，即使火烧眉毛，也能迅速冷静下来分析现状；爱上了他的温柔体贴，出去吃饭时总能在合适的时候递上纸巾，总会在最尴尬的时候巧妙化解危机。

他们之间一见如故，有着相同的兴趣爱好，有着一致的三观和人生态度。两个人在一起，总有聊不完的话题、说不尽的段子。

小夜很喜欢他，但是又不知道对方对自己的想法如何。有时候觉得对方是喜欢自己，不然不会为自己做那么多；有时候又在想，假如他对所有女生都这样，礼貌体贴、温柔幽默本来就是他的一贯风格呢？

小夜不知道怎么办，就问我们应该怎么办。我把这个问题抛在了小群里，小群顿时炸开了锅。

−2−

一个朋友橙子说：喜欢就说啊，说了也不会有什么损失。

橙子高中时暗恋他们班班长，直接把他拉出来表白。那个班长认真听她说完之后，目瞪口呆，只说了一句话：你真的好直接啊。

橙子说：反正我喜欢的人，不论男女都直接表白。说了也不会有什么损失，无非就是点面子问题。但最关键的是：一般人都不会讨厌向自己表白的异性。橙子后来就是这么拿下她老公的，如今婚姻恩爱甜蜜，动不动就砸我们一脸狗粮。

在橙子的世界里，遵循着狭路相逢勇者胜的规则。喜欢就直接表白，自己表白了，决定就在于对方，所以自己只要决定表白与否就够了。

大家都这么忙，就不要彼此浪费时间了。反正森林里有那么多树，也不差那一棵歪脖子的，大不了以后再找其他人就好了。

−3−

可是我心里隐隐觉得，他们说得都对，但是我还是不敢去表白。

上大学的时候，忽然间喜欢上了一个朋友。其实已经认识好几年了，但可能是由于荷尔蒙作祟，或者是由于那一段时间自己很难过，也可能是由于大家都在怂恿，自己也觉得挺喜欢他的。当时我也觉得他喜欢我，平常有说不完的话、讲不完的段子，而且他温柔体贴。所以，在毕业之前鼓起勇气向他表白了。

虽然那段感情只持续了十天，但我从不后悔。因为对于遗憾而言，我宁可选择尝试了之后以失败告终。如果相同的事情发生在现在，即使有一个非常喜欢、非常合适、非常中意的人出现在我的面前，我可能也不会像以前那么勇敢了。

-4-

因为随着年龄的增长，我们顾虑得越来越多。

我们害怕失败，害怕丢脸，害怕表白了之后一个人尴尬，害怕被拒绝了之后连朋友都做不成。

以前，会因为一杯奶茶，或者一道数学题，甚至是篮球场上的一个投球动作，去喜欢一个人。那个时候，眼睛里的整个世界都是他，不用想着将来，也不用顾虑两个人是否合适，只要能见到对方，就已经很开心了。

现在呢，我们好像已经很难非常喜欢一个人了。甚至，当发现自己喜欢一个人时，第一反应不是欣喜，而是害怕与克制。再也无法回到以前单纯喜欢一个人的时候了，因为我们顾虑得太多，害怕失败远远大于在一起的欣喜。

《小狗钱钱》里曾讲过这样一句话：你如果想要获得某一样东西，就把自己当作一个小孩一样去思考，这样事情就会简单多了。

但是现在的我们已经很难做到：明知喜欢一个人，还是不敢去表白。

-5-

其实我们都知道：有时候不敢表白，是把对方看得太重。

正是因为把对方看得太重，才会更加担心失去。因为担心失去，才小心翼翼，连惊扰心思都欲言又止，生怕这段关系受到任何影响。

我们也渐渐发现，遇到一个三观一致、可以无话不谈的朋友有多难。有时候，两个亲密无间、无话不说的朋友，远比一个患得患失的情侣更为重要。

所以，我们担心失去这样的朋友。不表白的话，大家还是朋友，什么都可以谈。可是一旦表白，有三种可能：

第一种，表白被拒，虽然大家表面说还是朋友，但是心里多少都会有些不自在和尴尬，再也无法做到和以前那样无拘无束。

第二种，两个人恩爱甜蜜，幸福到老，皆大欢喜。

第三种，两个人当时在一起，但是后来发现不合适，或者是因为各种问题，导致和平或者狗血分手。有一句话是：友情进一步会成为爱情，但是爱情退一步却无法再回到友情。这样的情况，最后都成了点头之交。

在本来交心就很难的生活里，再失去一个如此契合的朋友，实在是可惜。

所以，后来的我们，宁可选择放弃，也不敢主动表白。这样的我们，在后来的人生里，想想自己曾经可能拥有的幸福，只是因为一时担心而放弃了，会不会有那么一些遗憾？

爱情是什么，说不透，道不明。有的人在爱情里找到了自己，从此越活越潇洒，生活越来越幸福；有的人却始终活在患得患失中，不将就，但是也不敢表白，就这么一直僵持着。

不管怎样，我们总归是要回归到自己的生活中，去做自己的工作，过自己的人生。什么爱而不得，什么暗恋失恋，终归都要被时间所稀释。而我们要做的是，在有限的时间内，尽可能提升自己，赚钱变美变漂亮。

我一直相信：只有更好的自己，才是自己最大的底牌。爱情，从来都是锦上添花，而不是雪中送炭。只有你真的爱自己，别人才会来爱你，被表白与表白都不重要，吸引到喜欢的人就好了。

如果还是不敢表白，那就吸引对方来爱你吧。

回忆里的人，
真的就别再见了

-1-

有读者私信我：

我已经结婚了，有一个很爱我的丈夫和一个乖巧伶俐的女儿。生活虽然不怎么优渥，但也衣食无忧。

可是，我还是放不下我的初恋。我经常会想起他，想起我们之前去过的一些地方、做过的一些事情，还有对彼此说过的承诺。

虽然我也知道这不对，但是却一直放不下。过一段时间，我们同学聚会，他也去，你觉得我应该去吗？

看着她的留言，我思绪万千。正如陈奕迅在歌中唱的：得不到的永远在骚动，被偏爱的都有恃无恐。我们对于自己的曾经，对于那些因为错过而没有在一起的遗憾，都有着说不清道不明的执念。

而前任和新欢，无非就如红玫瑰与白玫瑰一样，娶了白玫瑰，久而久之，白玫瑰就成了扣子边的一粒剩米饭，红玫瑰依然妖艳迷人。娶了红玫瑰，久而久之，红玫瑰就成了掌心的一颗朱砂痣，白玫瑰依旧是床前明月光，让你夜夜无法安睡。

可是，对于回忆里的人，真的就别再见了。

-2-

有一段时间，闺密草莓突发奇想想去看看分手了四五年的初恋安子的生活现状。其实不是没放下，也不是还想着什么破镜重圆，可能只是因为好奇心吧，总想知道，分手了四五年，他现在的生活是怎样的。

分手四五年了，两个人早已切断了所有的联系，没有了彼此的电话号码，也没有微信或者是QQ什么的。真的是践行了分手时草莓的誓言：只愿老死不相往来。两个人之间的关系几乎等于陌生人。

然而，对于感情这件事情，女生如果想要做什么或者发现什么，简直易如反掌。草莓在共同好友的关注里，凭着直觉很快就搜到了安子的微博，紧接着就发现了安子现任女友的微博。

既无聊又好奇的草莓，硬是把他和他女朋友最近一年的微博翻了个遍，然后发现：那个女生是他们同一届的，他们当时在一起时的共同好友。

草莓和安子在一起时，知道那个女生喜欢安子。但是却不知道，在他们分手了之后，安子居然跟那个女生在一起了，而且还这么多年。

-3-

其实草莓本身对于这一段恋情早已看开放下，但是得知了这件事情之后，就经常间歇性抽风：

他们是什么时候在一起的，在我之前还是在我之后？他为什么会跟她在一起那么多年，如果当时我们没有分手，我们是不是也会坚持这么多年？

草莓经常被这些问题困扰，但是也不知道问谁，经常一个人翻着微博，发呆。后来，草莓知道他们分手了，再后来，草莓发现他们又在一起了。

关键点来了，忽然有一天，安子的现女友在微博晒了一张她和安子的合照，附了一段文字：以后要把微博好好经营，作为我们共同的回忆，爱的小屋。

草莓看着那张合影，半天没认出来。然后仔细观察了半天，才确认这就是自己的初恋，没错。

只是，已然不是回忆里那个穿着白衬衫的青涩少年，皮肤变得有点黑，眼袋也大，腮帮子旁边的肉感觉随时都要掉下来，头发乱糟糟的，整个一中年大叔。

看着照片上的那个人，草莓终于不再作了，心里想着：他现在怎么变成了这个样子，好丑。然后又转念一想，假如再见，在他的眼里，我是不是也变丑了。

-4-

可能时光或多或少对回忆都会有一些美化的功能。我们总以为那个时候，天有多蓝，阳光有多好，我们有多青春，爱情有多美好。

只有后来偶然翻到老照片的时候，才会想：原来以前的自己长这个样子，怎么那么不会穿衣打扮。那个时候，怎么会觉得那个人帅气幽默、不可替代呢？现在看来，明明就是扔进人堆里都发现不了的嘛。

去见回忆里的人，无异于亲手毁了自己的回忆、自己的曾经。在以后的生活里，可能连一份念想、一份青春都没有。

时光荏苒，分别了四五年的我们，也被生活打磨成了不同的样子。我们或许一直在跟生活负死顽抗，做着拼命的努力和斗争；或许早都认命，找了一个好人家，或者娶了一个好妻子，去过现世安稳的生活。

不论是面容、性格，还是为人处世的态度，我们都被时光雕刻成了不同的样子，或好或坏。

只是，一直陪在你身边的人，你们一起见证彼此的变化，也一同经历着生活的起起伏伏，能理解和认同此时此刻的彼此。不论变得如何，在你们心里都还是最年少时的样子。

可是，分别了四五年再见的人，就好像直接将青春里的模样抽离

回忆里的人，

就让他活在回忆里吧。

开，换成另外一个完全不同的样子，而且要对方立马接受，将面前的这个人和青春里的回忆画上等号。

何其残忍，何其悲哀。为什么不能给彼此留一个美好的念想呢？

-5-

虽然在时光的雕刻下，我们已经变得很宽容，也很温和。但是，再去见以前的人时，或多或少会夹杂着一些攀比和证明。

想证明，自己的生活过得比他好；

想证明，自己后来容颜更加美丽，性格更加温和；

想证明，没有了你，我过得更好；

想证明，你当时的选择是错误的。

不论是本着叙旧，还是挑事的心态，只要是去见前任，是去见当年念念不忘的人，最终都会以两败俱伤收尾。

在感情这场戏里，没有人是赢家。

放不下，再见也徒增伤悲；放下了，就将更多的时间和精力用在经营现在的生活和塑造更美好的自己上，别再与过去过不去，学着与回忆和解、与自己和解。

回忆里的人，就让他活在回忆里吧。

我们的爱情，输在了聊天记录上

-1-

小卡在半夜两点给我发微信，内容不多，就四个字：姐，睡了吗？

我知道半夜两点给我发微信，还如此简短，肯定是生活中遇到了什么烦恼或者不顺心，自己难过睡不着，一直纠结到这个时候，实在是想不通，才给我发的微信。

我便停下手里写了一半的稿子，急忙回复道：在呢，没忙。发生什么事了，你说说吧。

小卡说，她上个月参加社团活动的时候认识了一个男生，现在处于暧昧期，她喜欢对方，但是却不知道对方是什么心思。

虽然会每天跟她说早安晚安，但是当她立马回复过去的时候，那边却要好久才能回复接下来的话题。每一次聊天，小卡还在等待对方下一句话时，就没有然后了，第二天就会解释说昨晚太晚了，后来睡着了。所以经常出现的状况是聊天聊到一半对方就消失了，剩下难过迷茫的小卡一人。

小卡说：树獭姐姐，你说他到底喜不喜欢我？隔着屏幕我都能感受到她语气里的悲伤与难过。但是我还是打下了这么一行字：**爱你的人，虽然不会全部秒回你的信息。但是他会用心跟你聊天，因为他需要的是通过聊天这件小事，把你放在他的心上。**

虽然很心疼你，但是持续纠缠于这样的感情里，最终受伤害的那个人还是你。所以我劝你，早点走出来吧。

-2-

之前在微博上看到这样一段话：

喜欢你的人，会对你说我洗澡去了，之后还会说我洗完了，不喜欢你的人在说完我去洗澡后就像死在浴室一样；

喜欢你的人，会对你说我吃饭去了，之后还会说我吃完了，不喜欢你的人在说完我去吃饭后就像死在餐桌上一样；

喜欢你的人，会对你说我睡觉去了，之后还会说我睡醒了，不喜欢你的人在说完我去睡觉后就像死在床上一样。

虽然有点恶搞，但是却戳到了很多人的心里。**很多时候，通过聊天记录，就可以判断一个人爱不爱你。**

小九恋爱的时候，经常会抱着手机傻乎乎地等待对方回微信。但是小九的男朋友又是一个超级无敌忙的IT男，不光忙，很少有空回小九，而且恋爱中的智商也不高。

但即便是这样看起来在感情里不怎么占优势的人，却把当时管理系的系花小九追到了手。

他知道每晚小九十点要睡觉，会特意在九点半之前把所有的工作全部做完或者是暂时收尾，然后刷牙洗脸，把自己收拾得干干净净，调整好心情。等一切都收拾好了之后，然后拿起手机跟小九聊天。

其实聊天也没聊多大的事情，无非是你今天去哪里玩了、吃了什么饭、有没有想我，或者是生活中有没有什么烦恼。

看似一些简单的小事，却把小九打动了。而打动小九的点：**正是他对于聊天的专注与认真程度**。**因为在乎你，所以我愿意腾出时间，做好准备，专心跟你聊天**。**因为那是一种陪你、爱你的方式**。而不是利用夹缝时间，草草说完几句话之后就消失了。

很多人不在乎聊天，但是情侣之间真正需要的是沟通。沟通，不仅是内容上的沟通，更是形式上的在乎。因为在乎你，所以连聊天记录都散发着温暖的蕴香。

-3-

如何判断一个人爱不爱你，看看你们的聊天记录就知道了。

单方面一个人倾诉，从来没有回应，或者是简单的嗯、啊、哦；

每次发消息总是不能及时回复，事后也不会再回复，就跟你发过去的那边是汪洋大海一般；

聊天聊到一半人就消失了，也没有打招呼。

这些都是不爱的症状。人们会说，通过几个聊天记录就能判断，别搞笑了。

可是生活就是从细节中开始的，我们的感情也是从细节中感受温暖的。**聊的是家常，可谈的是感情**。

每天固定时间前后跟你说晚安，专心跟你聊一聊今天的事情，然后等你休息之后，继续忙自己的事情；

不会每次秒回信息，但是看到了之后会及时回复你。向你解释一下自己刚刚在忙，没来得及回复，或者是自己这会儿真的有点忙，晚点再回复你。

不会跟你在聊天的时候，去同时跟好几个人说话，等回过神时才发现不知道刚跟你讲到哪里了。

这才是爱你的人跟你正确的聊天方式。

对于感情，从来不是一两句聊天记录所能改变的事情。**但是人们在意的是，通过聊天这件小事，把对方放在心上**。因为在乎你，所以愿意花时间陪你、了解你，一起度过那些有用或者无用的小时光。

聊的是天，但是爱的却是你这个人。

有多少爱而不得，就有多少痴念嗔贪

-1-

周末去看《西游·伏妖篇》，本来是冲着唐僧和段姑娘的爱情故事去的，却被一个妖精的一句台词戳中了内心：

我为你而生，这么多年，你可曾正眼看过我一次?

那是只九尾金雕，在凡间与红孩儿一起作乱，囚禁了原本的国王，自己称王，胡作非为。离间唐僧师徒，让他们自相残杀，甚至最后打算大开杀戒，让一切灰飞烟灭。

直到眼看无法收场，如来前来相救，收了九尾金雕。九尾金雕厉声质问如来：我为你而生，这么多年，你可曾正眼看过我一次?

她一出生就陪伴在如来身旁，日日月月年年，直到生了爱意。

人们常说：陪伴是最长情的告白。可是奈何无论自己怎么努力、怎么用心，都未曾得到过对方一个肯定的眼神、一点爱的鼓励。

直到因爱生恨，带着怨念逃离而去。

说的是妖，可人又何尝不是呢？

有多少人活在记忆里无法走出，又有多少人，日不能食，夜不能寐，对着一件旧物思人？

唐僧还活着，可是心心念念已逝的段姑娘。恨自己以前没好好珍惜过她，怪自己从未给她一句肯定的答复，怨自己没能从徒弟的金箍棒下救了她。

于是，只能怀着遗憾，在夜里轻吻悟空头上的那个紧箍咒。因为，那是段姑娘留下的。

她，变成了一个不能提的人。

往事，成为了不能触碰的回忆。

–2–

我认识的一位姑娘，姑且就叫她小六吧。小六喜欢自己高中的班长，喜欢他意气风发的样子，沉迷于他在讲台上口若悬河的风采，爱上了他在运动场上英姿飒爽的身影。

小六深爱着他，但是却从未跟旁人提及过半分，只是把他偷偷藏在心底最深处。

高考时，偷偷打听了他的志愿，跟他填的一模一样，只是期望能陪伴在他身边，多看他一眼。

奈何命运弄人，那一年，她落榜了，比他晚一年入学。而彼时，他的身边已经有了佳人相伴。

她成为了他的学妹，她成为了他的校友，她成为了他的老乡，甚至她是他口中的知己。

可是，她却从未得到过他半分的爱。

她看着他恋爱，分手，再恋爱。

她看着他在事业上跌跌撞撞，为了自己的前途拼得浑身是伤。

她看着他从一个有点懵懂的小男孩变成一个沉稳体贴的男人。

然而，无论如何，都没法拥有他。

-3-

命运是有多残忍，才给了一个人希望，却又是遥不可及的，最后要亲手断送这份希望、这份期待。

如果能早一些知道结局，那我们是不是在最初相见的时候，就可以选择没有交集，这样以后的夜晚也不会那么孤单。

有多少爱而不得，就有多少痴念嗔贪。

有多少人曾在深夜里翻着一个人的微博，默默看着他的每一条动态，记着他接触的每一项事物，可是却连默默关注都不敢。

有多少人的通讯录里，存着一个不可能的电话。将通讯录打开又关上，关上又打开，熟记每一个数字，可就是没有勇气拨出去。

有多少人，在分手之后，还念念不忘对方的好，活在记忆里，无法走出来。翻来覆去，不敢入睡，因为一闭上眼，全都是他。

而我此生最大的温柔，就是不打扰你。

不愿成为你的牵绊，不愿成为你的顾虑。

只愿你好。

愿每一个好姑娘都能得到上天的垂怜，在爱情里不那么委屈，在生活中不那么娇弱，在事业上步步高升。

有人爱，有事做，有钱花。